U0026514

——菌人鬥閻王——

郭箏

目次

推薦

攜手江湖，抵抗物化

楊佳嫻

華文讀者對《山海經》相對陌生，我們成長過程中吸收的幻想文學，多半來自西方。比如，對我這一代讀者來說，「小人國」形式的想像，可能最早來自《格列佛遊記》改編的童書。人類自詡爲世界主宰者，通常以對待物的方式對待其他物種，才能心安理得地役使他們；而身爲人類的格列佛爲小人所困時，他本身同樣被當作奇觀、異物來看待。

《聊齋誌異》裡也有篇〈小人〉。一個表演者帶了個盒子來，「榼中藏小人，長尺許，投以錢，則啓榼令出，唱曲而退」，詢問小人從何處來，才知道原本是個普通小孩，「自塾中歸，爲術人所迷，復投以藥，四體暴縮，彼遂攜之，以爲戲具」。拐帶孩子，不只可以販賣，還能以法術把人變爲物，成爲表演生財的工具。

把對象矮化爲「物」——比人類低等的存在——殖民主義與種族主義的陰影下、在父權社會裡，屢見不鮮。將不同膚色、不同種族、不同性別者物化，就可以理所當然地壓榨、使用、霸凌，合理化所有的戲弄與暴力。

我認爲郭箏《大話山海經：菌人鬥閻王》主旨就是抵抗物化。那麼，是誰在物化誰？誰在抵抗誰？菌人小，閻王大，這是一個以小搏大的故事嗎？

「菌人」看似袖珍，卻皆以「大」取名，陶大器，成大腕，彭大奶，又處處以小爲榮；惟其小，更顯示出合眾力量之大，竟能在地底挖個上萬年，挖出極端複雜的地下王國。另一袖珍人種曰「靖人」，則皆以「暴」取名，范暴死，謝暴斃，許暴食，性格暴戾，相互攻殺無已。二者皆出自《山海經．大荒南經》「有小人，名曰菌人」以及《山海經．大荒東經》「有小人國，名靖人」，簡短兩句話，郭箏擴演出一整部幽默與啓示兼具的奇幻小說。

小說中，羅達禮、黎翠、「八印國師」莫奈何等人，或俊男美女，或身懷奇技，似乎符合主角條件，其實，眞正推動小說敘事前進的，是菌人們的行動。他們挖出地下王國，成爲奇襲人類世界的憑依，騎乘的小狐狸噴砂連結人類思想與慾望，同時，他們也像女媧的巨大祕書處，調查人類善惡並分判紀錄，不過，這項工作做得有點馬虎，引起三界混戰。

女媧在小說裡出現得很少，卻正與西王母對比。女媧沉默，西王母躁動；女媧創造，西王母破壞。女媧創造人類，如同人類的母親，然而，她卻將人類視爲物，發現人類有了自由意志以後竟然向惡做歹，就好像律己甚嚴的製造商在生產線上發現了瑕疵品似的，不是改良，而是乾脆整批銷毀。就這個態度來看，女媧並未把自己放在人類母親的位置上。人類兀自汲汲營營，根本不知道看似紛繁化成的人類世界，女媧就手即可摧毀重來。菌人孔大丘研發手術，以注入善質來改造惡人，期望能替人類爭取機會，向女媧證明人類不需砍掉重練；然而，菌人編製的善惡簿冊本身標準混亂，竟有同一人列名十大惡人又列名十大善人者，究竟這善惡的標準是誰訂的？放諸四海與萬古皆準嗎？

名字影射孔丘的孔大丘，在小說裡更像是《名偵探柯南》裡阿笠博士般的糊塗瘋狂實驗家，郭箏有沒有諷刺儒家的意思？或者只是在道德判斷事業上，開了孔丘一個玩笑？宋眞宗趙恆被列入十大惡人榜，理由卻是「專制帝王沒有一個好東西」然後不需舉證，這似乎是五四運動批判傳統的口角餘緒。而十殿閻羅本以暗黑審判警惕現世人類，強調善惡到頭終有一本帳等著清算，卻在小說裡變成了一門生意；與其說是生意，更像是閻王們的一份工作，從工作中確認自身價值，否則，一旦沒有惡人需要拷打懲戒，地獄又何必存在？郭箏寓質疑於笑聲，提醒我們：歷史與信仰隨時可能變成鬧劇，除非人人都能醒悟，「權力才是最大的妖怪」。而把異己的存在物化，正是爲了施行權力；捉妖打怪，但是妖怪不見得在人類之外，人人都可能成妖成怪。

除了抵抗物化，《大話山海經：菌人鬥閻王》和《大話山海經》系列其他作品一樣，也是一部關於江湖的小說。

全系列共七部小說，共享同一批人物，只是若干人物在這部是主線，其他人是配角，而這些配角在另一部中，可能就躍升爲主角，郭箏稱之爲巴爾札克《人間喜劇》式的結構。人物關係雖然緻密，卻因爲主從區分清晰，每一部皆能獨立看待。如果把整個系列放在一起看，人、神、妖之間錯綜複雜的敵友與因果關係就會浮現——這也就是《大話山海經》裡的「江湖」。

當年徐克版《笑傲江湖之東方不敗》中，令狐沖厭倦鬥爭，彈長鋏高唱退出江湖，任我行卻說：「有人的地方就有江湖，有江湖就有恩怨，人就是恩怨，你怎麼退出？」這是把「江湖」擴大爲人世、社會的概念了。「江湖」主要還是指特殊領域中的關係網絡，武俠小說裡的江湖是武林世界的關係網絡，《大話山海經》裡的江湖，則是朝廷、異人、俠客、妖魔、神祇的關係網絡，師生、主僕、朋友、愛人、仇家等形式相互作用。

這些作用卻同時充滿反轉與矛盾。例如，菌人的主子是女媧，理應服從女媧的決定，但是，菌人卻主動提出希望能改造人類、免於毀滅，並且與不同力量來源聯手行動；又比如櫻桃妖本只看重莫奈何的「處男」特質，此一特質能爲她練功所用，因此莫奈何就是個「物」，長期相處下來，兩人培養出感情，任何一方不在身邊都會若有所失，櫻桃妖對於小莫國師來說不再是需要管束的「妖」，小莫對櫻桃妖而言也早已脫離「物」的位置。

以羅達禮為代表的普通人類（他不像黎翠有神的血統），意外成了人、神、妖的橋樑，配合菌人無孔不入，努力想替人類翻案，改寫被女媧視為物的命運。在這奇幻江湖，天地幽冥混通，證明人願意追尋比溫飽與享樂更高的某種價值——這就是人之所以為人的關鍵點。讓人脫離物的命運，讓妖與神更接近人性，這正是《大話山海經：菌人鬥閻王》最激進與溫暖之處。

楊佳嫻：臺大中文所博士，清大中文系助理教授。著有詩集《屏息的文明》、《你的聲音充滿時間》、《少女維特》、《金烏》，散文集《海風野火花》、《雲和》、《瑪德蓮》、《小火山群》，編有《臺灣成長小說選》、《九歌一〇五年散文選》，合編有《青春無敵早點詩：中學生新詩選》、《靈魂的領地：國民散文讀本》、《港澳臺八十後詩人選集》。

自序

神與妖的人間喜劇

《山海經》，知道的人多，讀過的人少。

如今只要是有點神話色彩的故事，都會被冠上「出自《山海經》」。

嫦娥、盤古、青龍、白虎等等等等，一大堆並不出自於《山海經》的野孩子在臺上搔首弄姿；至於那三、四百個親生兒女，武羅、帝江、長乘、勃皇等等等等，反而被人遺忘了。

那些被遺忘的嫡子落難於何方？

一向喜歡收留各路神明的道教，只收留了女媧、祝融、后羿，以及經過整容變造的西王母。

其他的呢？為何沒進收容所？

他們在商、周時代應該是被人廣泛崇拜過的，否則不會留下歷史紀錄。

他們的消失是個謎，好像還沒有人能夠找到答案。

我寫《大話山海經》，非關學術，也無意替崑崙眾神翻案，只是小說。

這一系列小說用的是比較少見的方式，不屬於《哈利波特》、《三劍客》的大河連續式，也不屬於「福爾摩斯」、「楚留香」的單元連續式。

我用的是類似巴爾札克的《人間喜劇》式。

整套小說分成七冊，每一冊都是獨立的故事，主角、配角都不一樣，但他們都會在各冊之中穿梭來去，沒有「領銜主演」、「客串演出」之分。A是第一冊的主角，在第二、三、四冊裡可能變成了配角；一、二、三、四冊中無足輕重的小配角，讀者卻赫然發現他是第五冊的主角，如此或更像眞實人生，小配角終有一天會成爲大主角。

我希望讀者不要被出版的先後次序所迷惑，因爲各個故事互不干犯，順著看是一種感受，跳著看或倒著看可能會是另外一種感受。

能讓大家獲得一些新的閱讀經驗，就算完成了我小小的心願。

主要角色簡介

羅達禮　前洛陽知府羅奎政之子。曾與形意門大小姐霍鳴玉指腹為婚，然浪蕩成性。後落魄潦倒，意欲盜墓，甚至試圖輕生。陰錯陽差成為蹴鞠隊教頭。

白翡翠　貌美嬌俏，擅長蹴鞠，出場時觀眾皆為之神魂顛倒、如癡如醉。實隱姓埋名，著力於尋找親生父親。擁有不為人知的神祕身世。

莫奈何　個性憨厚傻氣的小道士。鍾情於梅如是。曾與櫻桃妖等人征妖除魔。接連受封夏國、大遼、高麗、大宋、于闐、大瞿越與大理七國大印，外加崑崙天庭的「蓋天印」，而有「八印國師」之稱。

梅如是　當今世上唯一女性鑄劍師。外表柔美，性情堅韌。自小與表哥顧寒袖訂有婚約。為軍器監的劍作大將。身擁鶩鴛寶劍。然因個人事業使婚事陷入僵局。

顧寒袖　江南著名才子。曾出賣靈魂給惡魔，經崑崙之丘一役才重回人類氣息形貌。以時務策高掛金榜，獲晉用為太常寺少卿，之後仕途一路高升。

項宗羽　本名項財旺，乃項羽後代。外貌溫文，原是打遍天下無敵手的「劍王之王」，項家莊慘遭滅門後，以追殺惡賊爲職志。曾因此在貢院殺人而遭罪。

櫻桃妖

七千年道行。本相是身長六寸的小紅人兒，可以化爲小丫頭、少婦與粗壯大娘三種人形。覬覦莫奈何童男元陽，一人一妖因朝夕相處而心生微妙情感。

女　媧

崑崙山神祇。少言語，但輩分高，只在天帝之下。曾鍊石補天，泥塑出人類。然對「作品」始終不滿意。上身是慈善中年婦人，下身是金鱗綠光的龍形。

兪談至

原有「第五公子」美稱。爲神農氏後裔，意圖獨霸天下，幸陰謀未能得逞。後被雁妖啄瞎一眼，又被火神後代燒焦半個腦袋，成一副恐怖模樣。

陶大器

菌人國成員。該國成員皆身長兩寸，騎乘名喚「蜮」的小狐狸，擅長鑽洞。實爲女媧創作，負責監督人類。陶大器尤其機靈活躍。

成大腕

菌人國成員。一心一意貫徹女媧大神的意志。後如願身形增大，獲得寶物。

犁魂之戶

本爲崑崙山神祇，人面馬身，相貌頗爲英俊。原擁有幸福生活，後奉女媧之命前往監督靖人國，反被長年虜綁於絕崖之下。

十殿閻王

地獄群首。第一殿秦廣王，第二殿楚江王，第三殿宋帝王，第四殿五官王，第五殿閻羅王，第六殿卞城王，第七殿泰山王，第八殿都市王，第九殿平等王，第十殿轉輪王。

才一亮燈，就見地下的泥土咕嘟咕嘟的隆起許多比蟻穴還小的小丘，然後如同冒氣泡一般的露出許多小洞，陶大器等人都騎著小狐狸從裡面鑽了出來。

月亮髒兮兮的掛在天上，說什麼也抹不乾淨旁邊的烏雲。

黃土高原上昏昏沉沉，明暗瞬間變換交錯，製造出更多詭異晃動的光影。

刺骨朔風中，一個人趕著一隻小毛驢登上了一座小土丘，只見他年紀雖輕，長相也挺斯文，但滿臉鬍渣渣，寒冬季節裡仍穿著一身單薄的衣衫，顯然十分落魄。

他挑了個地點，止住驢子，從驢背上取下許多工具與木柱，開始拼裝組合。雙手凍得發抖的弄了半天，終於組成了一個三角架，再取出一支鑲有鐵製鑽頭的長木柄，插在三角架中央。

長木柄的尾端繫有牛皮筋，通過各種轆轤、滑輪、絞盤，套在小驢子的身上。年輕人趕動驢子，推磨似的繞著三角架打轉，鑽頭就不停的往下直鑽，沒多久便將地面挖出了一個洞。

時當宋眞宗大中祥符二年十一月。

年輕人組成的這個半自動的機器，日後稱作「頓鑽」，但在當時還沒人知道這是什麼鬼玩意兒。

最沒出息的盜墓賊

驢子帶動的頓鑽頗有效率，鑽頭愈挖愈深，已深入地底丈許。

忽然，一股細沙噴上他的臉，他伸手一抹，卻把幾粒細沙揉進了眼睛，當下眼淚直流，好不容易弄清視線，才看見一隻身長只有六寸的小狐狸站在旁邊，怔怔的望著自己。

「這個小東西……」年輕人本不以爲意，但轉念一忖，心下大驚：「《山海經》的〈大荒南經〉中記載著一種奇怪的生物，叫作『蜮』，形狀類若短狐，會含沙射人，中者非病即死！所謂鬼蜮伎倆便是指這種東西。」

年輕人急忙拿起一把鋤頭想打那隻小狐狸。

一個細細的聲音驀地從另一邊響起：「盜墓賊是全天下最沒出息、最窩囊、最缺德的人，只敢欺負死人，見了活人就像個孫子。你這種人根本是人渣，關進牢裡會被其他的犯人日屁股！」

年輕人滿面羞慚，垂首不語。

那聲音又道：「你挖的這是漢宣帝的『杜陵』。西漢陵墓有九座在『咸陽原』，一座在『白鹿原』，俱皆規模宏大，只有杜陵建在這不起眼的地方，因爲漢宣帝出身平民，一生節儉，所以他的墓中絕對不會藏有寶貝，可笑你不讀書、沒學問、沒知識、沒常識，竟在這兒白費力氣。」

年輕人忍不住發怒：「誰說我沒讀過書，我可是出身書香世家……」

「哼，書香世家？」那聲音嘲笑著。「書香世家會出貪官嗎？」

「你……你有什麼資格批評先父？」年輕人更火了。「你有種就給我站出來，只敢躲在暗處發話，分明是個卑鄙小人！」

「我明明就站在你面前，怎麼說我躲在暗處？」那聲音笑道。「你說我卑鄙，錯了；但說我小人，倒是說對了。」

年輕人的頭轉了半天，才發現一個身長只有兩寸的小人站在自己腳前，驚訝之餘尋思著：「〈大荒南經〉裡有個『菌人國』，莫非此人就是菌人？」

小人兒竟似看穿了他的心思，挺胸道：「沒錯，我就是菌人，叫作陶大器，你可以叫我陶大哥。」

年輕人放聲大笑：「好大的大哥，你可仔細點，免得被我一腳踩扁了。」

陶大器瞪眼道：「我就知道你這人渣除了欺負死人之外，就只敢欺負小人。」扭頭大喝：「兄弟們，給他嘗點厲害！」

四周圍的暗影裡奔出幾千個小人，將年輕人團團圍住。「想動粗？來呀！」

年輕人嚇了一大跳，陪笑道：「大家莫當眞，我只是開個玩笑。」

陶大器哼道：「你敗光了你羅家的家產，吃不飽、穿不暖，居然還有閒情逸致開玩笑？」

年輕人又不由有氣：「我家的家產不是我敗光的。」

幾千個小人齊聲大叫：「還說不是？明明就是！」

陶大器厲聲道：「你父親羅奎政在洛陽知府任內搜刮民脂民膏……」

年輕人搶著截斷：「沒這回事，都是奸人胡言！」

陶大器又搶回來：「根據我們的檔案，他最起碼貪污了二十五萬兩紋銀。」

年輕人大吼：「那都是別人栽贓的！」

陶大器不理他，續道：「他貪來的錢，全都被你拿去投資『高昇酒店』，結果血本無歸。」

年輕人又嚷：「高昇酒店的王掌櫃根本是個滿口空話的窩囊廢。」

陶大器冷冷指責：「你還勾搭你未婚妻的三姨母成姦！」

年輕人窒了一下，滿臉通紅：「那……那都是她引誘我的。」

陶大器繼續進逼：「你父親被雁妖殺死之後，家中本還寬裕，但你又胡亂投資，把剩餘的錢全都賠光了。」

年輕人號叫：「那些人騙我投資這、投資那，他們全都是騙子！」

陶大器毫不留情：「你母親被你活活的氣死了。」

年輕人抱頭痛哭：「那是因為大夫無能！」

陶大器哼笑道：「所以千錯萬錯，你都沒錯，都是別人的錯？」

「沒錯！都是別人的錯！都是別人的錯！」年輕人腿一軟，跌坐在地，仍蹬著雙腳哭嚷：「我一輩子招小人，現在又招了你們這些小人，我眞倒楣啊我！」

眾小人兒紛紛搖頭。「好啦，我們都是小人，我們不管你了。」

陶大器重嘆一聲：「羅達禮，世上有一種人就是不會反省，但你要知道，這種人的日子並不會過得更快樂。」

小人兒轉眼走得精光，天地間只剩下無邊的黑暗與靜默。

名喚羅達禮的年輕人仍呆坐地下，無意識的望著深不見底的夜色，過往生命赫然一幕幕呈現眼前。

他的頭垂得愈低，想要避開這些影像，但他失敗了，不堪的往事猶如重鎚般不停敲擊他的腦袋，他的眼淚又流了下來。

「我眞是一個這麼惡劣的人嗎？我做的事情有一件是對的嗎？我爲什麼會變得如此？是爹娘沒把我教好？不，不能怪到爹娘頭上……我現在又想要盜墓，成了最沒出息的人渣。我眞的又可惡、又討厭！」

最不好的選擇

羅達禮埋首飲泣了不知多久，偶一瞥眼，那陶大器可又站在自己面前。

羅達禮不禁有氣：「你又回來幹什麼？」

陶大器笑道：「我想要看看你這個敗德浪蕩子有沒有後悔？」

「我後悔個屁！」羅達禮怒吼。「我沒有後悔！我不會後悔！」

「好吧。」陶大器轉身就走。

羅達禮很想伸手抓住他，宛若溺水之人想要攀住浮木，但終究扯不下這個臉。

他又惡狠狠的思忖半天，起身從驢背上的布袋中取出一根麻繩，結了個活套，再找了棵枯樹，把繩尾繫在樹枝上，騎上驢子，將活套套進自己的脖子，猛一夾驢。「走！」

那驢子鬧騰半天，竟不想動。

羅達禮吃了秤砣鐵了心，用力朝那驢子的頭上打了一下。驢子不情不願的走了兩步，羅達禮便雙腳懸空的吊在樹下，瞬即雙眼翻白，就要斷氣。

「大伙兒快來，那小子自殺了！」

陶大器當先從暗影裡衝出，後面跟著幾千個菌人，喳喳呼呼：「這傢伙怎麼這樣咧？」

小人們爬上羅達禮的身子，想去解繩套。

陶大器喝道：「這樣怎麼解得開，要先把他的身體托起來。」

小人們在羅達禮懸空的腳下疊羅漢，邊自亂嚷：「牛大隻，你動作快一點！……焦大頭，用點腦子嘛，頭這麼大，難道裡面裝的都是屎？……成大腕，你用點力氣行不行？……白大尾，抱住他的腳！……彭大奶，用妳的胸部托住他的屁股！……毛大腿，爬上去解繩子……黃大條，你解另外一邊……」

一群小人兒終於托住羅達禮的身體，再由幾十個人割斷麻繩，把他放到地下。

但羅達禮已經沒了氣兒。

「他的氣閉住了。」成大腕嚷嚷。「快按壓他的心臟。」

幾百名菌人站在羅達禮的胸上，踩水車似的拚命踩踏他的心肺部位，另外幾十人則趴在他嘴邊幫他渡氣。

好不容易，羅達禮吐出一口氣，醒轉過來。

陶大器嘆道：「你有許多選擇，爲什麼偏偏挑到最不好的一種？」

白大尾道：「對嘛，你想死，也得找個值得的死法。」

黃大條道：「譬如說，去找個窮兇極惡的強盜頭兒拚命。」

牛大隻道：「又譬如，去邊關打仗，被大遼的弓兵射死。」

艾大米道：「再譬如，去找個娘兒們爽……」他「死」字還沒出口，彭大奶就怒瞪他一眼：「找娘兒們幹嘛？」

艾大米乾笑：「咳咳，惹她討厭，讓她毒死。」

羅達禮的神智終於完全恢復，又禁不住發怒：「你們救我幹什麼？我討厭我自己，我不想再看到我自己，不行嗎？」

陶大器道：「你還不該死，你的陽壽還有一年。」

羅達禮一驚：「什麼？只剩下一年？那還有什麼好活的？」爬起身來，又想去上吊。

陶大器道：「你難道不想利用這一年多做些好事？就算你死了，也能死得心安理得。」

羅達禮又垂下了頭，想哭：「我一直想這麼做，但不知道要怎麼做？我沒什麼眞本領，書讀得不甚好，做生意又老是失敗，滿腦子不正不經的想走捷徑……我還是死了算了。」

「你比你想像中有用得多。」菌人們都指著他想要用來鑿地盜墓的半自動機器頓鑽。「你發明的這個東西可不得了哩！」

羅達禮一楞：「這東西管什麼用？」

管大用笑道：「你可以用它來鑿井，造福缺水的地區。」

馬大嘴道：「你想想看，中原北方有多少村莊為了取水而煩惱？」

鄧大眼道：「你知不知道，為什麼每戶農家都得不停的生小孩？」

龍大鼻道：「因為每一戶人家為了日常用水，就必須耗掉一個人力，這還沒把灌溉用水計算在內。」

趙大耳道：「如果取水容易，整個社會的生產力就能提高許多，老百姓的日子也能過得幸福愉快。」

羅達禮的臉上開始放光，雙眼更是閃閃發亮：「你們說得眞有道理，但是……只會鑿洞還是沒用，我怎知哪裡有地下水？」

陶大器笑道：「我們都住在地下，十分清楚各地的地下水脈，只因以往人類沒有適當的工具往下鑿，所以才到處缺水。」

羅達禮挺胸大叫：「我終於可以做個有益世道的人了！」

彭大奶道：「對嘛，將來你還可以名垂千古，光宗耀祖。」

成大腕冷哼道：「說不定還能藉此洗刷你父親的臭名。」

羅達禮好奇：「你們為何對我的過往那麼清楚？」

陶大器道：「你別問，對你沒好處。」撮唇一唿哨，許多小狐狸竄了過來。

小人兒們一人騎上一隻。「回頭見。」

羅達禮這才注意到地下有許多三、四寸大的小洞，小人兒騎著短狐，鑽進裡面，只一眨眼全都不見了。

最複雜的地下通道

羅達禮收拾好工具，趕著毛驢回家。

他走在黑暗裡，逐漸對於剛才的那一幕起了疑心。「那是眞的嗎？太離譜了。應該只是我的幻覺，但怎麼這麼眞實？」

他的父親羅奎政死狀很慘，像是被一隻大鳥的鳥喙從眼窩一直插入腦髓。世上怎有此種兇殘的大鳥？大家都說他的父親是被一隻雁妖殺死的。

他自己也曾碰過一些怪異的人物，但並未親眼看見他們顯出什麼神通，所以內心裡只留下了一些問號。

可現在，他仍不願相信這些怪力亂神，寧願以爲自己是在做夢。

他摸黑回到長安的租屋處。這是他從洛陽流浪過來、準備以盜墓爲生的據點，只是一間又小又破的茅草房。

他照顧完今晚勞苦功高的驢子，進入屋內，才一亮燈，就見地下的泥土咕嘟咕嘟的隆起許多比蟻穴還小的小丘，然後如同冒氣泡一般的露出許多小洞，陶大器等人都騎著小狐貍從裡面鑽了出來。

「啊喳！」羅達禮仍不免一驚，坐倒在竹床上。「你們還來幹嘛？」

毛大腿笑道：「咱們是合夥人，不該同住一屋嗎？」

羅達禮搔搔頭：「同住倒沒問題，反正你們住在地下，不占我的空間。」

陶大器道：「咱們雙方該有個協定，我們幫你尋找水源，讓你成爲天下第一鑿井人；你呢，要教我們如何製造蝢鑽。」

羅達禮怪問：「你們自己就挺會挖洞，爲何還要學我的蝢鑽？」

彭大奶道：「我們挖洞很累的咧。聽老前輩們說，當年從開封挖過來……」

白大尾打岔：「開封那時還叫作『大梁』。」

彭大奶瞪他一眼，續道：「我們從開封挖來長安，就挖了……挖了多久？」

「一百六十三年。」馬大嘴道。「我們菌人一族，平均一年只能挖六千八百三十七里半。」

「一年六千多里？」羅達禮嚇一大跳。「但是，從開封到長安不過幾百里……」

陶大器嗐道：「難道我們不用挖其他的地方？每條隧道之間難道不用交織通聯？各個據點難道不用建城鎮、蓋房屋、鑽通氣孔、開疏洪道？」

成大腕道：「告訴你，全中原的地下都被我們挖遍了，地下隧道的總長度將近七千萬里，其中還有房舍八百餘萬間。」

羅達禮聽得都快暈倒。

鄧大眼道：「我們想去哪兒就可以去哪兒……」

黃大條道：「譬如說，你家的卜面就有一條七級幹道……」

胡大嬌道：「我們想來你家，只要從這七級幹道上再挖幾條八級的小路，就可以直達了。」

羅達禮想了想，掐指一算，又聳然一驚：「你說地卜隧道的總長度將近七千萬里，那你們豈不是已經挖了一萬年？」

「沒錯。」菌人們一起疲累的回答。

「中原的歷史至今不過三千年左右。」羅達禮不可置信。「你們菌人國的歷史比中原還久？」

成大腕傲然道：「《山海經》裡記載的都是春秋以前的事兒，我們若沒這麼悠久，怎會被寫進《山海經》？」

羅達禮仍不解：「既然整個中原的地底下都被你們挖成了蜘蛛網，你們還要挖什麼？」

陶大器嫌他笨似的唉道：「僅只中原，哪夠啊？我們想要挖遍全世界！」

最成功的鑿井人

羅達禮的茅草屋外掛上了「天下第一鑿井人」的招牌。

在到處缺水的黃土高原上，他的生意可是應接不暇。

長安方圓五百里內的許多村莊爭相聘請他去鑿井，就算再偏僻、再落後的地區，他也從不拒絕，而且收費低廉。

想起自己只剩下一年壽命，竟因而燃起異樣的熱情，並想把以往的過錯全都彌補過來，羅達禮成了許多窮鄉僻壤的救星。

菌人們熟悉每一塊區域的地下水源，所以羅達禮每至一處，不需經過擇地、量深淺、察泉脈等程序，只要架起頓鑽一鑿下去，必定出水，一天最少一口井，又快又便宜，他待人又和氣，令大家敬仰愛慕不已。

偶爾得閒，他便絞盡腦汁，精研頓鑽的製作技術，使得這機器愈來愈犀利，愈來愈好用。

菌人們依樣畫葫蘆，製造出超小型的頓鑽，搬入地底，開拓他們的領域，一年六千八百里的速度竟然加倍成長！

最平等的組織

忽一日，羅達禮突發奇想，找來陶大器商量：「我對你們的地下世界非常好奇，你有沒有辦法讓我進去參觀一下？」

陶大器笑道：「這個容易，只是你會有一點難過。」

陶大器叫羅達禮躺在床上，然後喚出許多菌人：「給他纏上『縮小帶』。」

小人兒們取出許多透明的線團在羅達禮身上來回纏繞，把他綑得像個大粽子。

羅達禮只覺渾身火灼般難受，卻連叫都叫不出來。

過了一會兒，他的身體居然開始逐漸縮小，四周的菌人就更拉緊「縮小帶」，他小一寸，縮小帶就緊一寸，不讓他有絲毫喘氣的空間。

如此折騰了半個時辰，羅達禮終於縮成了兩寸人。

「好啦，你也成為我們菌人國的人了。」

羅達禮開口說的第一句話，就是滿懷後悔、疑慮的：「我還能變回原樣嗎？」

「當然可以，你的縮小只能維持一個時辰。」

陶大器喚出一群小狐狸，羅達禮也騎上一隻，跟著大家一起進入地下。

地道錯綜複雜，但菌人輕車熟路，完全不會迷路。

陶大器一邊介紹著：「通道的寬度分成一級至八級，一級主幹道有十六寸寬，往下各遞減兩寸，最小的八級通道僅容一騎通行。」

奔馳片刻，來至一處頗爲寬敞的地下洞穴廣場，陶大器等人停了下來。「你在這裡休息一會兒，就該回去了，否則時效過了，你一變大，就會擠死在裡面。」

羅達禮打量廣場，四周還有許多房屋，正如地面上的農家村落。

「這兒挺不錯的，空間廣闊，住起來應該滿舒服。」

牛大隻道：「這只是五級城鎮。」

羅達禮訝異：「你們的城鎮也分成八級？」

焦大頭道：「我們的總部在開封，那才是一級城鎮，連你們這種大小的人類都可以容身。」

彭大奶道：「幾百個人類都能住得進去。」

羅達禮笑道：「大宋的首都在開封，你們的總部也在開封，是想較勁嗎？」

成大腕哼道：「我們可比什麼大宋早得多。」

羅達禮猛然一驚：「這麼說來，你們的通道竟可以直入宮城？你們也可以在皇宮大內自由來去？」

馬大嘴道：「開封城下本有許多通道，但後來大宋開國皇帝趙匡胤請了『墨家』的能工巧匠重新建造皇城，紮下堅固的地基，所以普天之下，我們只有皇城進不去。」

龍大鼻道：「聽說皇城周圍還裝設了許多極厲害的機關，千軍萬馬都能擋得住。」
羅達禮搔頭傻笑：「跟你們在一起，可長了不少見識。」
陶大器想了想，忽道：「羅兄弟，我瞧你這個人還是挺不錯的……」
成大腕哼道：「雖然從前是個渾球……」
趙大耳接道：「如今你幫了我們不少忙……」
毛大腿再接：「所以說……」
羅達禮問道：「所以說什麼？」
眾小人也都問：「所以說什麼？」
毛大腿支吾：「我怎麼知道所以說什麼？」
陶大器道：「所以說，我們可以教你眞正的縮小術，你如果成了半個菌人，也許，我是說也許，就能夠延長你的壽命。」
成大腕彷彿不滿的瞟了他一眼，沒說話。
羅達禮可興奮了：「你講的是眞的嗎？爲什麼？」
陶大器道：「別問，對你沒好處。」
雖然只是「也許」，但可以多活幾年的提議，怎會有人拒絕？羅達禮當然立刻就答應了。

金大吊沉聲：「我先給你一個警告，這過程很難熬。」

羅達禮滿懷信心：「不管多難熬，我都會挺過去。」

回程途中，羅達禮騎在小狐狸背上，不停嘴的問陶大器：「我若成了菌人，就不會變回常人了？」

陶大器搖頭：「你畢竟是人類，所以縮小術練成之後，雖然隨時都能變身，但每天只能縮小一次，每次仍然只能維持一個時辰。」

「那……菌人國有什麼規矩？我有什麼要遵守的？」

「菌人國的組織，沒上沒下、沒高沒低，眾人平等，只有一個主子。」

「主子是誰？幹什麼的？」

「別問，對你沒好處。」

「還有一件事，你們住在地下滿好的，幹嘛還要跑到地面上去？」羅達禮見他們的眼睛都瞪了起來，不等他們回答，自己很快的說：「別問，對我沒好處。」

陶大器笑道：「我沒看錯你，我們的合作一定會很愉快。」

最痛苦的泡泡澡

羅達禮照著陶大器開出的藥方買回草藥。

陶大器叫他盛了一大桶熱水，倒入草藥，頓時激起許多泡泡。

「這要幹嘛？」羅達禮不解。

「進去洗澡，每天洗，洗一個月，你就可以大功告成了。」

羅達禮大樂：「這麼簡單？」

馬上脫了衣服，一泡進去，乖乖隆的冬，比上次「縮小帶」纏繞全身還痛上百倍！

他彈簧似的跳出浴桶：「痛死人啦！」

地底下傳出菌人的嘻笑之聲：「陶大器，你輸了我三貝……彭大奶，妳輸我一貝……」

小人兒們鑽出來，拍手笑鬧，互討賭債。

成大腕冷冷道：「大多數人都賭你練不成，只有幾個不信邪的敢賭你贏。」

羅達禮看見陶大器掏出三個小小貝殼遞給成大腕，暗忖：「陶大哥最照顧我，我卻害他輸錢，怎麼過意得去？」

強自忍耐劇痛，又爬入浴桶浸泡。

成大腕只得把贏來的貝殼又還回去。

艾大米笑道：「你別充英雄了，更難受的還在後面。」

羅達禮咬牙苦撐，泡了大約半個時辰。

「好了，今天這樣就可以啦。」

羅達禮全身的皮膚被藥水弄得又紅又腫，一碰就痛，連衣服都不能穿。晚上一躺上床就痛得跳起來，只能站著；但是站著，腳底也會痛，最後只能站在枕頭上，才勉強好過一些。

如此折騰到半夜三更，痛苦逐漸消退，他已累得全無生機，癱在床上沉沉睡去。一覺睡到翌日中午，才剛醒，陶大器又來了。

「繼續吧。」

羅達禮忙搖手：「算了吧，我不練了。」

陶大器臉一板：「你已經熬過了最痛的第一天，怎能前功盡棄？」

「你別騙我，我死也不洗澡了。」

陶大器撮唇一吻哨，幾千個菌人衝了進來，硬把羅達禮扛起，壓進浴桶。

「喂，還是一樣痛啊！」

「今天泡完，就只剩二十八天，忍著點。」

羅達禮想起從前家裡養的胖貓「寶丫」，每次幫牠洗澡都大呼小叫、拚死掙扎，惹得他每次都大罵：「笨貓，洗個澡又不是要你的命？」

此刻，羅達禮才眞正了解貓的感受，不由飲泣：「寶丫，原諒我，我眞不知道你是這麼的痛不欲生。」

羅達禮充分體悟什麼叫作度日如年，食不下咽、坐不落席、寢不安枕，半個多月之後，瘦得只剩皮包骨，倒是愈來愈不痛了。

這天他倚著窗臺休息，忽聽得外頭鑼鼓喧天，爆竹震耳，心中猛可一怔。「竟把這重要的日子都忘了。」

最風行的毬戲

大中祥符三年元旦。

羅達禮把陶大器放在胸前的口袋裡，在大街上閒逛，這還是他接受酷刑之後首次上街遛達，心情當然頗愉快。

「菌人國也過新年嗎？」

陶大器哼道：「過年是陋俗，只讓人覺得愈來愈老，有何意義？」

羅達禮踅到東大街，大街中央搭起了一座高臺，頂上披著五彩裝花緞匹的帳幕，正中高掛「官毬臺」匾額。

高臺的東西兩旁又紮了兩座小牌樓，下面站著許多裁判官。

三座牌樓圍出了一片廣場，廣場中央豎起兩根六尺多高的單柱，橫架著一枝木樑，木樑中央再豎立起一個圓形的「彩門」，直徑大約兩尺半。

一個年輕人正在場中踢著一個皮毬，他的腳法普通，盤毬盤得七零八落，場邊觀眾都起鬨嘲笑。

年輕人好不容易把毬盤到腳下，舉腳一踢，那毬從彩門上方飛過，差了好幾尺遠。

觀眾們都叫：「下去吧，沒得丟人現眼。」

年輕人灰頭土臉的下了場，換上一名身材精實的中年女子。

「阿珍來囉，有好戲看了。」

這「阿珍」上了場，用腳尖一勾毬兒，毬就上了她的頭，她用頭頂了幾下，又讓毬上了右肩，一頂就跳到了左肩，再又頂回來。

觀眾們紛紛喝彩，站在東西小牌樓下的裁判則忙著計分。

陶大器沒興趣的打了個呵欠：「他們在幹嘛？挺無聊的。」

羅達禮解說著：「這叫『蹴鞠』，乃時下最風行的遊戲之一。那毬的內部是一個充了氣的豬尿泡，外面用八片皮包裹起來，所以很好踢，不會太重。參賽者輪流上場，先用腳耍毬，可以把毬停在頭上、停在胸上、停在腰間，就是不准用手；最後若能把毬踢得穿過那小小的彩門，就能得彩。」

阿珍耍夠了，把毬頂高，不等毬落地，跳起身來，舉腳凌空一踢，那毬準準的穿過彩門。

裁判做出裁決：「跳腳單踢，四分。」

觀眾又是一片采聲。

羅達禮指著站在官毬臺上的一名員外模樣的人：「那人應該就是長安的『齊雲社』社長。」

「齊雲社？」

「全國各地都有齊雲社，亦稱圓社，就是地方上的蹴鞠總會。今天社長親臨觀賽，所以應該是長安的地區預賽。」

「預賽又怎地？」

「地區預賽的冠軍可以參加全國大賽，也就是『山嶽正賽』，得到冠軍的人，皇帝親自頒獎，還有許多賞賜，當然就名揚天下了。」

幾句話的時間，阿珍已用各種腳法朝彩門踢了十毬，進了五毬。

東西牌樓下的裁判計算出總分：「四十一分。」

觀眾喝彩：「不算低了！」

陶大器問：「這又是什麼意思？」

「剛才盤毬有鎖腰、單槍、對損、肩妝等花樣，盤得漂亮，就能得分；最重要的當然是踢進彩門。」羅達禮如數家珍。「普通雜踢一分，頭頂兩分，肩頂三分，跳腳單踢四分，凌空雙踢五分，臀頂六分，後腳挑踢七分，背對門挑踢八分，背對門頭頂九分，倒掛金鉤十分。」

陶大器怪問：「你怎麼這麼清楚？」

羅達禮笑道：「說起毬技，我倒也不差，只是後來不怎麼玩了。」

他本乃世家子弟，有錢有閒，經常在毬場鬼混，當然也能踢得兩下子。

最惡毒的管家

官毬臺上的執事報出：「胡定一出場。」

一名滿臉橫肉的中年人走入場內，穿著一身與他的粗鄙氣質頗不相稱的華衣，洋洋得意，顧盼自雄。

觀眾群中有人嘀咕著：「這傢伙還有臉出來亮相？」

另一人道：「他本是彭摳蚊的管家，後來不但霸占了他主子的家產，還霸占了他主子的老婆，眞是人面獸心。」

又一人道：「他的主子彭摳蚊也不是什麼好東西，爲富不仁，活該病死。」

先一人道：「彭摳蚊是得梅毒死的，聽說連臉皮都爛掉了。」

再一人道：「他活著的時候盡摳蚊子的腿，死了以後大概還會去摳閻羅王的腳皮屑吧。」

這胡定一的腳法倒挺不賴，盤毬盤出了許多花招，射門十毬也進了八毬。裁判做出評分：「六十七分。」

胡定一高聲道：「距離全國紀錄只差十二分，所以老爺我可算得上是一級高手啦！」

觀眾們只沒半個人喝半聲彩。

最會踢毬的女子

臺上的執事又報：「白翡翠出場。」

白翡翠？好陌生的名字。

大家轉目四望未已，一名渾身白衣、腳上穿著一雙嵌金線飛鳳靴的年輕女子，已俏生生的走到場中央。

大家的眼睛都直了，這輩子幾曾見過這麼美麗的姑娘？

男人都癱了，女人都暈了，小孩都張大了嘴，老頭兒都齜掉了牙。

羅達禮自從上吊不成、洗心革面之後，最不想碰的就是男女之情，他對自己從前的未婚妻霍鳴玉懷著強烈的歉疚，而他能夠想得到的唯一的救贖之道就是——終身打光棍。

但此刻，他止不住喃喃自語：「我……覺得自己又要犯錯了。」

連口袋裡的陶大器都大叫：「我不想當菌人了！我要變成正常的人類！」

白翡翠足不沾塵的走到毬兒前，大家都希望自己就是那顆毬。

她腳尖一勾，毬兒就上了胸。

大家又齊發一聲喟嘆：「毬兒眞好命！」

白翡翠隨意盤毬，毬兒就像一塊牛皮糖，黏在她身上不會掉下來，滾上肩、滾上頭，忽讓毬落到腰間，臀部一扭，那毬便盡在她腰間打轉，然後又倒著滾回後頸……

觀眾們看得眼花撩亂，大聲叫好，嗓子都喊裂了。

羅達禮拍紅了手：「光是這種盤毬的技巧，最少可得三十分。」

白翡翠盤夠了毬，開始射門，毬兒恍如穿花蝴蝶，一隻一隻的飛過彩門，速度快得讓裁判們報分都來不及：「後腳挑踢，七分……凌空雙踢，五分……倒掛金鉤，十分……背對門挑踢，八分……臀頂，六分……背對門頭頂，九分……」

前九毬全數命中，最後一毬她使了個後腳挑踢，卻射中彩門邊框，彈了出來，正好落向羅達禮。

羅達禮將身一翻，用了個倒掛金鉤之勢，將那毬兒準準的射過彩門。

觀眾們愈發喝彩如雷。

白翡翠偏頭看了他一眼，抿嘴一笑；羅達禮心蕩之餘，更覺得自己已經墮入了阿鼻地獄。

裁判報出最後總分：「白翡翠，九十九分！」

這分數遠遠超過全國紀錄二十分之多，此次地區預賽的冠軍當然非她莫屬。

在觀眾們的歡呼聲中，白翡翠上臺領獎。

齊雲社社長高聲鼓勵：「我從來沒見過如此高強的毬技！還有，我們長安的女子都不差，像剛才的阿珍、小蠻等人，都挺厲害的，所以妳們為何不組一支女子隊伍參加『隊賽』？」

在場觀眾全都瘋了，大嚷大叫。「組女子隊！組女子隊！」

陶大器又問：「隊賽是什麼玩意兒？」

羅達禮道：「個人賽就是你剛才看見的比賽，隊賽可複雜兇猛得多，一隊十人，場地兩邊各有一座毬門，兩隊交鋒好比行軍作戰，有前鋒、有後衛、有中央大將，能把毬兒踢進對方的毬門就得一分。在這過程中，對方可以攻擊己方的盤毬員，己方的隊友就要想盡辦法保護他，或接走他的毬繼續往前進。總之，這種比賽體力消耗巨大，又很容易受傷，所以一向是男子隊伍的天下，從未聽說有女子組隊參賽。」

白翡翠下了臺，阿珍與許多個參賽女子上前包圍住她，嘰嘰呱呱的說個不停。

胡定一憤憤離去。

最卑鄙的綁架

人群終於散了，白翡翠也終於擺脫了阿珍等人，隻身一人走入小巷。

陶大器慫恿著說：「喂，還不快追過去？」

羅達禮傻笑：「這……欸，算了吧。」

「喂，她剛才對著你笑，你難道不心動？我的心都快跳出來了！」

羅達禮天人交戰，難以做出決定，忽見地下的土一鬆，彭大奶冒了出來：「那個胡定一想要綁架白翡翠，你們快跟上去，我們隨後就到。」

羅達禮一驚：「眞的嗎？你們怎麼會曉得？」

「別問，對你沒好處。」彭大奶又鑽回地底。

羅達禮多次被他們看穿心思，心想：「也許胡定一的心思也被他們看透了，眞不知他們是如何辦到的？」

陶大器急道：「你還發什麼楞？英雄救美的機會要快點把握啊。」

羅達禮快步行入小巷，還能看見白翡翠的身影。

「唉喲，從後面看她走路，眞受不了！」陶大器哀號。

他還想再繼續欣賞，但胡定一率領著四個惡僕已從轉角處衝出，攔住了白翡翠的去路。

這胡定一本是長安首富彭摳蚊的管家。

「摳蚊」當然只是閒雜人等給他取的外號，意思是：他若看到蚊子的腳上沾有家中神壇的金粉，都要想辦法摳下來，可見他見錢眼開、吝嗇成性的程度。

幾個月前，他去了一趟開封，竟染上了風流病，回到長安就病死了。胡定一早就懷著覬覦之心，不但乘虛跟女主人攪上了，還盡得了彭家家產的控制權。

今日他在毬場上輸了一著，本就不爽，又垂涎白翡翠的美色，便想將她綁回家中，一逞獸慾。

五個大男人圍了過來，白翡翠的臉上並未露出驚恐的神情，而只是一片厭憎之色。

胡定一嘿嘿怪笑：「喲，小丫頭挺冷靜的，妳是經常碰到這種事兒，還是故意等著大爺來讓妳爽？」

羅達禮氣得大叫：「你眞無恥！」用盡全力衝了過去。「你們都讓開！」

胡定一手下的惡僕圍牆似的擋在前面，羅達禮才一跑到近前，就挨了三記重拳，鼻血直冒，眼睛發花。

羅達禮這些日子四處鑿井，倒練出了好體魄，拚命抓住其中一人的衣襟，硬撐著不倒地。

那惡僕笑道：「你這種不中用的貨色也想管閒事？」又是兩拳搥在他頭上，但他仍緊緊抱住對方不放手。

胡定一厲吼：「乾脆宰了他！」

惡僕們抽出小刀，眞的想刺入羅達禮小腹。

陶大器從羅達禮的上衣口袋中探頭大嚷：「你們還不出來？」

腳下「噗噗」連響，許多小人兒騎著小狐狸冒了出來。

胡定一等人都一楞。「怎麼有這麼小的人？」

陶大器高叫：「給你們最後一次機會，快快退去，否則休怪我們無情！」

胡定一等人哈哈大笑。「小東西胡吹大氣？」仍不放過羅達禮，舉刀刺下。

幾百隻小狐狸一起噴出黑色的細沙，正中胡定一與四名惡僕的面門。

他們還想破口大罵，但覺口乾舌燥，一點聲音都發不出來，下一刻，他們的臉全變黑了，拚命呼吸也吸不進一口氣，統統摳著喉嚨倒在地下。

羅達禮嚇一大跳：「別是死了吧？」生怕白翡翠受驚，趕忙擋住她的視線，並問著：「姑娘，妳沒事吧？」

白翡翠本還露出感激的表情，但一嗅到他身上的氣味便掩鼻後退：「唉，你怎麼渾身都是藥味？」厭惡的掉頭就跑，

羅達禮癡望她的背影，心頭不免有點失落。

陶大器也頗跌足：「她怎麼對藥味這麼敏感？還好，你還剩八天就練成了，到那時再對她展開攻勢。」

最佳足球教頭

羅達禮終於練成了縮小術，再也不用洗那痛苦的澡了。

這日神清氣爽的起床，屋外已聚集了八個女子，由阿珍、小蠻帶頭。

羅達禮摸不著頭腦：「各位有何貴幹？」

阿珍大聲道：「羅公子，我們要請你當教頭。」

「教頭？教妳們什麼？」

小蠻道：「我們想組隊去踢『隊賽』。」

羅達禮失笑：「我哪有資格教妳們踢毬？」

女子們都道：「我們那天都有看到你的毬技，你一定行，而且還要當我們的隊長。」

阿珍道：「一隊十人，九個女的，一個男的，應該沒問題。」

羅達禮道：「可……妳們只有八個。」

女子們嚷嚷：「當然還有白翡翠。」

躲在口袋裡的陶大器一聽，精神都來了，悄聲道：「快答應她們。」

但是，當羅達禮與眾女子找到白翡翠的時候，她卻不答應。

羅達禮小心翼翼的說：「妳放心，我身上已經沒有藥味了。」

白翡翠淡淡的搖頭一笑：「我還有重要的事情要做，恐怕沒時間練毬。」

阿珍道：「妳有什麼事？也許我們都可以幫忙。」

白翡翠道：「我要尋找我的父親。」

小蠻嚷嚷：「這種事情就需要人多。妳爹叫什麼名字？」

「我六歲的時候娘就病死了，爹被壞人抓走，所以我並不確定他的名諱……」

羅達禮暗道：「她竟是個孤兒？可眞是紅顏薄命。我應盡力幫助她完成心願。」

白翡翠又道：「印象中，他好像叫林桂……」

阿珍皺眉：「白林貴？」

「不，他是姓……」白翡翠欲言又止。

眾女子喳呼。「這名字太普通了，可不好找。」

白翡翠嘆氣：「這幾個月，我從蜀地一路尋過來，毫無頭緒。」

阿珍想了想：「所以妳更應該參加蹴鞠大賽。」

「爲什麼？」

「我們若能奪得山嶽正賽的冠軍，皇上會親自頒獎，那時妳就可以求他幫忙；而且妳名揚天下之後，無論做什麼事情都比較容易。」

「對！對！對！」眾女子齊聲附和。

白翡翠仔細一琢磨，不無道理，終於在大家的歡呼聲中同意了。

羅達禮的生活重心變成了訓練女子踢毬，從盤毬開始一一調教，晚間則在紙上畫出各種隊型戰術，讓大家明白「隊賽」的踢法。

一晚，白翡翠坐在屋外發楞，羅達禮端了碗木耳給她補充營養。

白翡翠悄聲問道：「那天的那些小人與小狐狸是怎麼回事？」

羅達禮傻笑搔頭，答不出來。

白翡翠體諒的一笑：「好，你別說了，就當作是我們的祕密。」

我們的祕密？羅達禮心中又是一蕩。「我們已經擁有共同的祕密了！」

最瞧不起的浪蕩子

全國蹴鞠大賽訂於二月中在開封盛大開幕。

這項比賽原本都是在五嶽名山上舉行，故名「山嶽正賽」，但近年來愈來愈受到人們的喜愛，所以改在首都比賽。

羅達禮爲了早做準備，一月底就率隊從長安出發。途中，大家都想繞道洛陽去瞧瞧。

洛陽是羅達禮的傷心地，他的父親在此擔任知府多年，結果死得不明不白，身後還擔了不少罵名；他的青少年歲月都在此度過，所有的荒唐事兒也都在此發生。

「唉呀，沒什麼好玩的。」羅達禮不想去。

小蠻嚷嚷：「喂，洛陽是全國第二大城咧！」

「才不是第二大城……」

小雪更大聲：「洛陽是『西京』啊！」

敵不過輿論壓力，羅達禮只得應允。

進了城，羅達禮一逕低著頭，生怕被熟人認出，偏偏還是碰到了一個名喚唐丟毛的小伙子。

「咦，羅公子，你回來啦？」

這傢伙成天在茶樓酒館幫閒打趁，盡幹些不勞而獲的勾當營生，嘴皮子比跑馬還快，面皮子比鐵板還硬。

羅達禮悶聲道：「你認錯人了。」

唐丟毛又瞅他幾眼。此時的羅達禮皮膚黝黑，精壯結實，跟從前那個白皙皙、滑嫩嫩的知府大少爺當然不可同日而語。

唐丟毛也覺得自己搞錯了，轉身走離，一邊嘀咕著：「去年幫他賣拳鬥大會的黃牛票，結果弄得一塌糊塗，他還欠著我錢呢。」

羅達禮鬆了一口氣，又暗罵自己：「惡有惡報，今天就算被他毒打一頓，也是我自找的。」

一行人經過洛陽最負盛名的「進財大酒樓」，小蠻又叫了：「這是洛陽三景之一，一定要進去享受一下。」

羅達禮替人鑿井的收費雖低，畢竟賺了一些錢，隊員們練毬辛苦，理當犒勞，只是這裡太熟了，他常跟以前的未婚妻霍鳴玉的家人在此餐宴，如今觸景牛情，好不心酸。

「咳咳……我們上別處去……」

眾女子都大叫：「教頭好小器！」

羅達禮又屈服於眾意之下。

白翡翠笑道：「你們去吧，我不喜歡吃大菜，到街上去轉轉，看能不能探到我爹的消息。」

羅達禮帶著八名女子進入酒樓，引來不少目光，他刻意挑了個角落位置，自己背對大門而坐。

點菜時，跑堂的拿著菜單過來，羅達禮又忙低下頭，因爲他又算是一個舊日相識。

這跑堂的名喚張小衰，既是酒樓伙計，也是霍家「形意門」的弟子，他本已被派到酒樓的開封分店任職，此次特地請假回洛陽幫形意門搬家，將總部遷往開封。今晚因酒樓缺人手，順便過來幫忙。

羅達禮心中暗暗叫苦：「倒楣，跑堂的那麼多，怎麼偏就是他？」頭都快垂到桌面上去了。

小蠻一邊遊目大廳，一邊搶著發問：「喂，你們的洛陽第四景呢？」

張小袞一怔：「什麼第四景？」

「我們在西安就聽說你們酒樓有『天下第一樂師』崔吹風的演奏，號稱洛陽第四景，怎麼今晚沒看見他？」

張小袞失笑：「崔公子已是南方『大瞿越國』的駙馬爺，不會再來了，可讓我們酒樓的生意清淡了不少。」嗟嘆完畢，催促著：「各位還是快點菜吧。」

阿珍等人望著那密密麻麻的菜單都傻了眼。「教頭，你點。」

羅達禮推托不掉，進財大酒樓的菜色他太熟了，便仍低著頭，悶著聲音，一口氣點了九道菜。

隊員們佩服得五體投地。「教頭好厲害，點菜有如盤毬過人，一腳中門，行雲流水，一氣呵成，還不用看菜單。」

張小袞聽他的語聲好熟悉，偏下頭來盡覷他，待得看清，不由得怒氣直衝，好不容易強行忍住：「你……咳！呸！」

見他又帶著一群女子，更爲不屑的走開了。

羅達禮想了想，追著他進入廚房：「小袞哥，鳴玉她……最近還好吧？」

「你還好意思問？」張小袞一臉想殺人的樣子。「你是大小姐指腹爲婚的未婚夫，卻跟掌門人的三姨太勾搭成姦，大小姐沒殺你就不錯了，你還好意思問？」

張小袞是最早發現這樁姦情的人，去年六月還差點殺了他替大小姐出氣。

「小袞哥，那時我眞荒唐。我……我對不起鳴玉，也對不起霍家所有的人，我……」羅達禮說著，哭了出來。

張小袞十分意外他竟會露出眞心懺悔的模樣，「這個敗家浪蕩子怎麼變了個人兒？」繼而又忖：「別是裝出來騙人的？等下結帳的時候可要仔細點。」

羅達禮收了淚：「姜無際總捕頭與鳴玉情投意合，他們成婚了嗎？」

「唉，姜總捕已經失蹤了半年多，大小姐天天以淚洗面。」

羅達禮一驚，又不禁凄然於心。

吃完飯後，他支使開隊友，獨自來到再也熟悉不過的形意門總部大門外。

形意門的掌門霍連奇和羅達禮的父親羅奎政是老友，羅達禮還未出生，兩家便指腹爲婚，後來霍家果然生出了一個女孩兒，眞個是美豔無雙，冰雪聰明，長大後跟著父親練功，一手「形意拳」打得登峰造極，甚至奪得去年「全國拳鬥大賽」的冠軍。

羅達禮當然十分喜歡這個未婚妻，但他那時油頭粉面，心術不正，竟跟霍連奇的三姨太勾搭上了。

此事揭穿之後，他和霍鳴玉的婚事自然告吹，沒多久，父親又被雁妖殺死，家道中落，他妄想去長安盜漢墓，便離開了洛陽。

今天是他在毀棄婚約之後，首次來到霍家。他不敢上前，只能躲在門外暗處，看著霍鳴玉在大院中指揮弟子收拾物件，準備搬家。

霍鳴玉美麗如昔，英氣更盛，只是眉宇間掛著濃濃的哀愁，想必是因爲姜無際的緣故。

羅達禮心如刀割，往事一點一滴歷歷浮現眼前。「這麼好的一個女子，我怎麼會那樣傷害她？這麼好的一樁婚姻，就被我這殺千刀的混蛋搞砸了！」

愈想愈氣，狠打了自己幾十個耳光，把臉都打腫了。

最神祕的主人

羅達禮率隊來到開封，安頓妥當之後，就想請陶大器帶他去參觀菌人國的總部。

陶大器喚出小狐狸，正要上路，忽見成大腕、毛大腿、彭大奶急匆匆的跑來。「主子召集大家開大會，快走。」

陶大器警告著：「一萬年來，你是第一個歸化爲菌人的人類……」
成大腕冷冷道：「只是半個菌人。」
陶大器道：「我還沒向主子報備，所以等下你到了那裡，閉上嘴，少廢話。」
「是，陶大哥。」
羅達禮使出縮小術，隨著眾人急如趕魂的奔向總部。
這兒果然是一級城鎮，正如陶大器他們之前所說的，幾百個正常人類都容納得下，廣場少說也有百丈見方，丈把來高，周圍的樓臺屋宇都建得非常講究。
十幾萬個菌人聚集在廣場上，屏息等待，大氣兒都不敢吭一聲。
羅達禮等人找了個位置，剛剛坐下，廣場上空便亮起一道霞光，「主子」緩緩降臨，只見她上半身是慈眉善目的中年婦女模樣，下半身則是龍的形體，鱗片閃出綠中透金的光澤。
羅達禮悄聲問道：「她是誰呀？」
陶大器回答：「她就是創造中原人類的『女媧』大神！」

最沉默的女媧

在崑崙眾神之中，最少言語的便是女媧。她的輩分極高，只在天帝之下，而她從不跟人爭功諉過，吃了虧也不計較，所以最容易被欺負，後來竟被西王母壓了過去。其實大家都心知肚明，她不動怒則已，萬一動了嗔怒，任誰都別想討到便宜。

陶大器悄聲道：「中原人類是女媧大神用泥土造的……」

羅達禮一驚：「我們的本體是泥巴？」

成大腕冷笑：「人類自以為了不起，其實只不過是個髒兮兮的東西罷了。」

陶大器續道：「女媧大神也一直監視著人類。但一萬年前，天帝突然下達不准崑崙眾神干涉人間事務的禁令……」

羅達禮不解：「這又是為什麼？」

彭大奶道：「聽說天帝是跟妖魔的首領打了個賭。去年屆滿一萬年，天帝贏了，但這禁令並未完全解除。」

陶大器續道：「女媧大神既不能出世，所以她就另外創造了我們菌人國，代替她監督人類。」

羅達禮恍然：「你們老是跑到地面上去，就是要當人類的監督者。」又問：「你們怎麼監督呢？」

陶大器道：「我們騎的那種叫作『蜮』的小狐狸，會噴三種沙，黑色的沙有毒，那天毒死胡定一那些人的就是黑沙；褐色的沙能夠把人迷昏，做為防身之用；再有一種黃色的沙，則是聯結器……」

「聯結器？」

「黃色的沙子從人類的七竅進入大腦，就能夠把這個大腦中的想法傳送到我們的檔案室，因此我們菌人能夠知道每一個人類的心思，誰想做好事、誰想做壞事，一清二楚。」

羅達禮大驚：「所以只要是耳朵、嘴巴、鼻子進過沙子的人，就表示他已經被你們監視住了？」

「沒錯。」

羅達禮心想：「沒有被沙子迷過的人類，只怕不多。」又暗自嘀咕：「怪不得他們老是能夠看穿我的心思；我從前幹的那些齷齪事兒，也全都記錄在那個什麼檔案室裡了。」

一念及此，羞愧難當的垂下頭去。

女媧降落在廣場中央，慈祥的掃視菌人一眼，清了清嗓子，才慢吞吞的說：「大家都知道我沉默，但不知我爲何沉默。」

菌人們都嚷：「大神無忮無求，無話可說。」

女媧緩緩道：「我沉默，是因爲我造出來的人類有缺點，所以我慚愧。」

菌人們窒了窒，又齊聲大喊：「大神英明，毋須慚愧。」

最困難的抉擇

「去年，天帝一萬年的禁令已屆滿，我重新出世，檢視我當年的作品。」女媧露出深沉的眼神。「如果你們是個工藝匠，對於造出來的作品不滿意，你們會怎麼辦？」

毛大腿叫道：「別去管它，丟到一邊，眼不見為淨！」

成大腕叫道：「毀掉重做！」

陶大器叫道：「想辦法加以改造！」

女媧想了半天：「『不管』不行，我就是因為實在看不下去，才想管。」

「不管」的提議被否決了，於是只剩下毀滅與改造兩途。

彭大奶道：「人類本來都還不錯，但從三千年前開始，愈來愈不像話。」

成大腕如數家珍的振聲道：「人類的社會結構從部落宗族發展成為君主專制之後，就一日不如一日，君主以暴力壓迫百姓，以暴力攻取鄰國，以暴力消除不同的意見。商、周以後，這種情形更加嚴重，戰國末期，中原的人類本有三千萬，但在秦朝統一六國的過程中，將近一千萬人失去了性命。緊接著，劉邦與項羽楚漢相爭，又死了八百萬，所以漢朝初年，偌大的中原只剩下一千兩百萬人口，丁壯最多只有三百萬，劉邦大唱『安得猛士兮守四方』的眞正意思是，人都死光了，還能找誰來守四方呢？迨至西漢末年，人口增加到六千萬，而王莽時期的綠林、赤眉之亂，又弄死了將近三千萬人。到了東漢末年，人口又增加到五千六百多萬，但三國時期，又死了三千多萬，荒謬的是，這『三國』居然被稱爲英雄的時代，殺人如麻的戰將都變成了名垂千古的大英雄。西晉盛時，人口恢復到三千五百多萬，繼踵而來的五胡十六國與南北朝時期，又弄死了一半。唐朝號稱盛世，最盛時有人口八千多萬，但唐末大亂，到了現在的大宋建國時，只剩下三千萬，竟減少了五千萬人之多！而且，人類不但自相殘殺，還無所不用其極的殘殺其他的生物，以滿足他們各種古怪的私慾。」

成大腕喘了口氣，做出結論：「以我的意見，人類這種低劣、兇殘、自私、短視的物種，根本沒有存在於世界上的價值，最好把他們全部毀滅，重新來過！」

羅達禮聽得渾身直冒冷汗，想起當初陶大器告訴自己，他只有一年的壽命，原來是因爲如果這次大會決定毀滅人類，所有的中原人類便都只剩下一年不到的壽命！

羅達禮悄聲問道：「大神要如何毀滅人類？」

陶大器道：「女媧大神有一個寶盒，裡面裝著十二星宮魔王，如果人類不悔改、不成材，就把魔王放出來殺光他們！」

羅達禮忙道：「陶大哥，你快替人類說說好話。」

陶大器點點頭，高聲道：「中原人類並不是無可救藥，我建議改造。」

女媧道：「你的論點是？」

陶大器道：「剛才成大腕只說壞的，沒說好的；只說亂局，沒說常局……」

鄧大眼、艾大米、管大用都拍手大喊：「耶，這觀點有道理。」

「須知中原人類的歷史，常局多而亂局少，亂局都是惡人做怪，但在常局中仍有許多好人，做出了許多好事。」

毛大腿傻笑著脫口而出：「大神，您當初爲什麼要造出惡人呢？如果造出來的都是好人，不就沒這問題了嗎？」

女媧一楞：「每一塊泥土都不相同，做出來的東西當然會有所不同。我當初並沒有造好或造壞的念頭，豈知他們後來變得天差地遠。」

羅達禮想起：「東漢時應劭所撰的《風俗通義》中寫著，女媧造人時太勞累了，泥土又不夠，所以就把麻繩混在泥土裡，後來富貴者都是純土造成的人，凡庸者則是因爲裡面攙雜了麻繩。」他搖了搖頭，又想：「應劭距離女媧大神的時代太遠，做不得準。」

成大腕冷冷道：「人類後來有了自我意志，所以有的變善、有的變惡。主要的問題是，人性中已經藏有惡的本性，難以拔除，所以最快速便捷的做法就是把這一批人統統毀滅，再造一批新的人類時，根除掉惡的本性，自然就天下太平了。」

陶大器笑道：「既如此，何必重新來過？人性中也有善的本性，如果能把善的本性抽取出來，灌入惡人體內，豈非同樣天下太平？」

女媧凝目看著他：「聽你這麼說，顯然你已經想出了可行的辦法？」

陶大器道：「檔案室總管孔大丘發明了『本性替換法』，只是還沒眞正實驗過。我們可以用這種方法，抽出善人的本性，灌入惡人體內，看能不能把惡人變成善人。」

最壞的天下第一大好人

女媧高聲：「孔大丘有來嗎？」

大家都叫：「他太忙了，從來不參加大會。」

成大腕搖頭道：「陶大器，你說得容易，執行起來困難重重。」

陶大器道：「我們的檔案室裡，有全天下人的檔案，先挑幾個好人、壞人來做實驗……」

「他們豈會束手就擒？我們這麼小，怎樣才能把他們抓來，抽這個、灌那個？」

陶大器指著羅達禮笑道：「所以這個人會很有用，他只是半個菌人，平常就跟正常人類一樣大，可以幫我們抓人類。」

原來他早有腹案，才把羅達禮吸收進菌人國。

女媧睜大了眼，瞅著羅達禮：「這個人可靠嗎？」

陶大器道：「他本來是惡人榜上的第五名……」

羅達禮嚇一大跳：「什麼惡人榜？我怎麼排名這麼高？」

陶大器續道：「可是現在呢，到長安附近問問，大家都說他是『天下第一大好人』。這種曾經是壞人的好人，最適合當『善惡評論員』。」

羅達禮福至心靈，走到女媧面前倒頭便拜：「不肖人類羅達禮，拜見大神。」

女媧皺眉：「我非佛非道，你拜什麼拜？」

弄得羅達禮僵在那兒，好不尷尬。

女媧又思忖半日：「就先用陶大器的方法試試看，如果不成，再行計議。」

成大腕暗自不爽，無可奈何。

羅達禮鬆了口氣，人類總算有繼續存活的希望了。

最厚的兩本書

大會終於結束，羅達禮縮小的時限也快到了，只得急急趕回地面。

陶大器、成大腕、毛大腿等人來到龐大無比的檔案室，在這裡負責建檔、歸檔的有十六萬個菌人。

主管孔大丘額頭長得凸凸的，死板著一張臉，活像大家都欠他的錢。

陶大器道：「你的本性替換法已經研究成功了嗎？」

孔大丘瞪眼：「你把人抓來給我實驗了嗎？」

陶大器道：「我們這就去抓，你需要什麼樣的人？」

孔大丘道：「最好是有幾個最好的人與幾個最壞的人，這樣才看得出功效究竟如何。」又特別強調：「記住，要十大善人與十大惡人之中的人。」

陶大器開始有點頭痛：「那……我們先查查總檔案。」

「我們沒空，你們自己去搬。」

陶大器動員了一千八百多人，從檔案櫃中搬出兩大套可以堆滿整個小房間的書冊，一部書的封面上寫著「善人榜」，另一部則是「惡人榜」。

陶大器翻開惡人榜的第一頁，立馬頭痛欲裂：「都是這麼難纏的人物，怎處？」

成大腕翻開善人榜，也叫一聲：「啊呀，這些也不好對付！」

毛大腿道：「先找幾個比較容易的下手。」

成大腕指著善人榜上第六名的「柳伯甫」與第九名的「朱老實」：「就先綁架這兩個老好人吧。」

「那惡人呢，要找誰？」彭大奶等人都擠到惡人榜前，也都看傻了眼。「媽呀，這些人要怎麼綁架？」

陶大器想了想，露出莫測高深的笑容，伸手往書上一指：「這個排名第四的惡人最合適。」

彭大奶等人齊發一聲呻吟，雙眼翻白，險些暈倒。「陶大器，你的腦袋是壞掉了嗎？」

陶大器指著的那個名字，竟是大宋皇帝趙恆！

最詭異的金針

城郊的蹴鞠練習場上，從全國各地前來參加山嶽正賽的隊伍都在加緊練習。

其中，當然以白翡翠領銜的女子隊最爲搶眼。

這幾天，只要天一亮，練習場邊就聚集了成千上萬的閒雜人等，名爲欣賞各隊練毬，其實根本就是在等白翡翠，她一上場就吹她的口哨。

白翡翠倒不甚介意，只管踢自己的毬；阿珍、小蠻等人可受不了，時不時的大罵那些無聊男子。

羅達禮來了，率領隊友在場上練習進攻策略。

觀眾們又起鬨：「這小子豔福不淺，一個男的九個女的，他怎麼吃得消？」

在旁邊場地練習的是來自「大名府」的「黃馬隊」，隊長諢名「黑珍珠」，怎麼看羅達禮怎麼不順眼，暗中示意隊友把毬踢往羅達禮，自己則衝過去，先一肩撞倒了羅達禮，然後再接毬。

羅達禮訕笑著爬起身來繼續練毬，但沒過多久，黃馬隊的毬又飛過來了。

黑珍珠又渾若一輛戰車，狠狠的衝向羅達禮，心中預算這一撞必將羅達禮撞掉半條命。

眼見他就要得逞，不料站在一旁的白翡翠忽然把腳一伸，輕輕的在他的右腳腳板上一踩，黑珍珠就騰空飛起，摔出兩丈多遠，差點把頭摔成爛泥。

阿珍、小鑾等人拍手大笑。

驀聞一個粗大的聲音道：「白翡翠，妳眞行，過來一下。」

發話者是「大名府節度使」姚不遂，他親自率領轄下的黃馬隊前來參加山嶽正賽，當然非常重視這項榮耀。

白翡翠不想理，羅達禮忙悄聲道：「他是節度使，好歹敷衍他一下。」

白翡翠只好走過去，羅達禮不放心的跟在後面。

滿面于思、體格魁梧的姚不遂高坐在一個木臺上，一副睥睨眾生的踐相：「白翡翠，老夫看中了妳的身手，妳就加入我們黃馬隊，一定能得冠軍。」

白翡翠笑道：「令公，小女子已經有隊了。」

姚不遂「欸」了一大聲：「你們那隊，有什麼希望？俗話說，西瓜偎大邊，懂吧？大邊的西瓜會愈來愈壯大，小邊的西瓜只能丟進垃圾桶，妳想被丟進去餵螞蟻、蟑螂嗎？」

白翡翠仍笑得燦爛：「只要跟隊友在一起，餵什麼都行。」

「好了好了，別說傻話了。」姚不遂根本不想聽她說什麼，轉頭命令隨從。「給她準備幾套隊服，再跟著她到客棧去，把她的行李整理一下，晚上就住到我們這邊來。」

幾個隨從一湧上前，兩邊挾住她，就想把她架走。

羅達禮站在後面，根本幫不上忙，卻見白翡翠悄悄伸出手，指間夾著一根金針，迅速的在他們的腰間戳了一下，他們就泥塑木雕般的僵住了。

羅達禮才怔得一怔，姚不遂已大罵開來：「你們楞在那兒幹嘛？還不快帶她走。」

他話還沒說完，羅達禮又隱約瞥見夕陽餘暉之中閃起了一線詭異的金光，正中姚不遂嘴角。

姚不遂的嘴唇立時僵住，半個字兒也說不出來，只能發出「啊啊啊」的喉音。

白翡翠躬身朝姚不遂行了一禮：「多謝令公不強人所難。」言畢，轉身就走，姚不遂與隨從們完全無法阻攔。

旁觀人眾都不明奧妙，竊竊道：「姚節度使挺寬容大度的。」

沒人看出究竟發生了什麼事，只有站在白翡翠背後的羅達禮看見白翡翠手中射出一根連著細線的金針，刺了姚不遂的嘴角一下之後，又回到了她的手裡。這動作迅捷無匹，已到了匪夷所思的地步。

「她怎麼……難道她竟是個武林高手？」羅達禮心下暗驚，跟著白翡翠來至場邊無人之處。

「妳剛才用的那是什麼手法？」

白翡翠淡淡道：「那是金針刼穴之法，他們等一下就沒事了。」

「妳有這種本領，所以那日胡定一想要綁架妳，根本就是以卵擊石？」

「那天你若不出手相助，他們當然拿我沒辦法。」白翡翠望著羅達禮嫣然一笑。「倒是害你被他們打了幾拳。」

「妳父親也是個武林高手？」

「這……我不曉得。」白翡翠茫然。「我的功夫都是師傅教的。」

羅達禮道：「這些日子，我有機會就到處打聽白林桂的消息，可還沒頭緒。」

白翡翠面露歉然之色：「欸，我早就想跟你們說，我並不姓白。」

羅達禮的腦筋攪成一團：「妳不是名叫白翡翠？」

「傻瓜，白翡翠當然是個假名。」

「那妳的本名是什麼？」

「其實我姓……」

她的話還沒說完，就見腳下的泥土一鬆，陶大器鑽了出來：「羅達禮，用得著你的時候到了。」

白翡翠又一笑：「我們的祕密又出現了，你快走吧。」

最無奈的綁架

羅達禮施展縮小術，進入地下，騎上小狐狸，跟著陶大器與三千多個菌人沿著一條五級通道疾馳。

陶大器邊自回頭發問：「她剛才說什麼我們的祕密？你們已經這麼親熱了？」

「唉呀，所謂的祕密就是你們。對了，你們什麼都知道，那我問你，白翡翠到底姓什麼？」

陶大器搖頭：「我們的檔案室裡沒有她的資料。」

「她從來沒被蜮的沙子迷過？」羅達禮想了想，又問：「普天之下可有什麼名字叫作林桂或靈桂的人？」

「這麼沒頭沒腦的，怎麼查？」

大伙兒從五級通道轉入七級通道，愈行愈窄。

羅達禮道：「我們現在要去幹什麼？」

「去綁架善人榜上的第六名與第九名。」陶大器道。「柳伯甫家道殷實，祖孫三代都樂善好施，濟助貧苦；朱老實則在『炭場巷』賣炊餅，一輩子沒說過半句謊話。他倆都是開封最有名的老好人。」

打前鋒的毛大腿沿途看著鐫刻在土壁上的各種稀奇古怪的路標，東拐西轉，毫不遲滯。

羅達禮暗想：「地下通道如此複雜，如果沒這些標識，恐怕走一輩子都走不到自己要去的地方。」想要請教陶大器怎樣辨識路標，又覺得一時半刻之間很難學會，便暫時打消了這念頭。

前方的毛大腿喝令止步：「上面就是柳伯甫的住宅了。沒有直達的小路，還要開一條八級通道。」

菌人們把羅達禮發明的頓鑽顛倒過來使用，沒多久就挖出一條小路，從柳家的庭院中鑽了出來，已然明月當頭。

「柳伯甫每晚這個時辰都會來後院餵食兩隻流浪貓，所以他馬上就要來了。」

菌人們擁有絕大部分人類的檔案，當然清楚每個人的作息時間。

果不其然，六十餘歲的柳伯甫立刻就出現了，他拿著一個小碟子，裡面盛著些魚肉，來到庭院角落：「啾啾、咪咪，吃晚飯囉。」

陶大器對羅達禮道：「你快變成正常人。」

「爲什麼？」

「笨！這樣才能把他放倒，而且用縮小帶綁住他才會更快啊。」

羅達禮一驚：「我要把他放倒？」

「要不然我們怎麼綁架他？」

他們嘀嘀咕咕的聲音已被柳伯甫聽見，顫抖著喃喃：「什麼人？難道有鬼？」轉身就想進屋。

菌人們都嚷：「快快快！」

羅達禮只好收了縮小術，出現在柳伯甫面前，先作一揖：「柳老先生，在下要得罪了。」

上前搗住他的嘴，把他壓在地下，小人兒們一湧而上，用縮小帶纏住他，有了羅達禮的幫助，很快就把他綑成了個粽子。

「還要等半個時辰，他才會變小。」

羅達禮擔心：「希望他的家人不會來找他。」

「他的夫人、兒女、僕婢，統統都不會出現於此時此地。」陶大器胸有成竹。

羅達禮想起自己每天只能縮小一次，一次只有一個時辰：「那我等下要怎麼出去？」

「你不會爬牆出去啊？笨！」

第二晚又用同樣的方法綁架了朱老實。

羅達禮暗自尋思：「他們在女媧大神面前說我變成了一個大好人，現在卻要我幹這種江湖黑道的勾當，眞是……」繼而又想：「若眞能把人類改造成功，也可算是一件大功德。小瑕不掩大瑜，大功當然可抵小罪，就算再當幾次小壞人又有何妨？」

最不佳的公子

開封最負盛名的兩個好人失蹤的消息，轟動全城。

皇帝趙恆下令嚴查。「權知開封府」鮑辛把捕快的屁股都打爛了，還是查不到半點頭緒。

趙恆早就不滿鮑辛，這下逮到了藉口，立將他調任「參知政事」，這職位相當於副宰相，看似升了官，其實是打入了冷藏櫃。

鮑辛的楣運還沒結束，他回到家裡，一個白衣白冠白袍的人已在大廳內等著他。

此人若只看右臉，誇他爲天下第一美男子也不爲過，但他如果把左邊的臉偏過來，定會讓人整晚做惡夢。

他的左半個頭活像一塊燒焦的木炭，左眼部分是個大洞，裡面的顱骨竟是透明的，甚至看得見腦漿。

鮑辛哆嗦著站到他面前，囁嚅道：「俞公子……」
原來他竟是當世最負盛名的「第五公子」俞燚至。
他乃神農氏末代君主「帝榆罔」的後裔，一直想從黃帝子孫手中奪回中原的統治權。
神農氏的特徵是「水晶肚」，除了四肢與頭顱外殼之外，其他部分都是透明的，五臟六腑清晰可見，若吃下有毒的東西，某個內臟便會發黑，可以一目瞭然。
去年他連續策畫了幾番陰謀，都未能得逞，十月間被半人半鳥的「百惡谷主」薛家糖啄瞎了一隻眼睛，年尾又被「祝融火琴」崔吹風燒焦了半個腦袋，弄成現在這副恐怖模樣。
俞燚至啜了口茶，淡淡道：「被撤換啦？」
鮑辛想哭：「我又沒怎麼樣，皇上對我太不公平……」
俞燚至哼道：「就是因爲你沒怎麼樣，所以才被撤換。你這個人，無能到不管怎麼樣都不怎麼樣。我花了許多心血培養你，還不如培養一條狗！」
鮑辛抖個不停，不知下一刻自己還會不會有命在？
俞燚至又喝一口茶：「新任的權知開封府會是誰？」
「聽說……有可能是由『太常寺』少卿顧寒袖接任。」
俞燚至手中的茶杯「啪」地一聲碎了，茶水濺了他滿身：「姓趙的非逼得我下重手不可！」

最兇殘的「靖人」

俞谽至出了鮑宅，祭起神行符咒，須臾來到東海的一個小島上。

他剛走上沙灘，就見一群大約九寸高的小人圍著一團火，嘻嘻哈哈的烤著另一個小人。

被烤的小人慘叫不絕，烤他的那些小人則高聲歡笑，他叫得愈大聲，他們就笑得愈大聲。

被烤的終於沒氣了，他們就把他切碎了吃。

俞谽至冷笑道：「久聞『靖人國』的人心狠手辣，果然名不虛傳。」

那群小人衝了過來。「你是幹什麼的？」

俞谽至道：「我要見你們的國主。」

小人們大嚷：「宰了他，夠吃好幾天。」

十幾個小人挺著長矛、大斧攻了過來，怎會是俞谽至的對手，不消兩根手指頭就把他們全打趴了。

「還不快帶我去？」

靖人們只得領著他進入島內，但見這裡的建築還停留在殷商時代，屋頂沒有瓦片，都是用曬乾的蘆葦，國主的宮殿亦復如是。

俞燄至進不去那矮小的大殿，只得站在外頭大喊：「范暴死，還不快給我滾出來！」

國主范暴死還要擺出君王的架式，在百官、隨從的簇擁下走出大殿：「我說是誰，原來是第五公子大駕光臨。」眼光一掃。「是誰把俞公子領過來的？」

帶路的那十幾個面如死灰。

范暴死喝道：「李暴亡、許暴食、何暴殺、劉暴力，把他們拖去煮了，今晚每人多一碗羹。」

在其餘靖人歡聲雷動之下，那十幾個被煮成了一大鍋肉湯。

俞燄至笑道：「你們以暴立國，以奪傳家，我眞的很訝異你們還沒亡國。」

范暴死兇狠的掃視臣民：「有我在，怎麼會亡國？」

俞燄至瞥眼看見許多靖人都隱隱露出切齒之色，心中暗道：「這傢伙的國主當不了多久了，我得趕快跟他達成協議。」表面上裝出一副笑臉。「范國主，此來是要跟你商討進攻菌人國的事情。」

「進攻菌人國？」范暴死大皺其眉。「談何容易？」

俞燄至慫恿著：「你們的身高是他們的四倍半，打垮他們易如反掌。」

范暴死轉頭向後：「宰相，你怎麼看？」

宰相名喚謝暴斃，擺出一副老成謀國的模樣：「請問俞公子爲什麼想要跟菌人開戰？」

俞錟至道：「菌人的地下通道遍布整個中原，價值連城，有錢都買不到，我們若能善加利用，稱霸天下也不困難。」

謝暴斃一個勁兒的搖頭：「他們的一級通道雖然有十六寸寬，但高度只有四寸半，我們很難在裡面行動。」

「這我曉得。」俞錟至道。「但是中原有個人類名叫羅達禮，他最近發明了一種『頓鑽』，可以幫你們很快的把通道拓寬加高。」

范暴死不禁有點心動。

這時，後山傳來淒厲的號吼，聲量宏大，直透雲霄。

俞錟至一驚：「你們這裡怎麼會有如此巨大的猛獸？」

范暴死不懷好意的冷笑道：「我帶俞公子參觀一下，不敬我們靖人國者的下場。」

俞錟至跟著他們繞到後山，一個人面馬身的大神被千萬條鐵索綁在懸崖下，崖壁上插滿倒刺，那大神只要腰腿一軟，身體靠上岩壁，就會被倒刺扎入皮肉，甚至鉤到骨頭。

俞錟至細瞅那大神，見他雖是馬身，相貌卻頗英俊，若換在平常，可是個迷死天下女子的老帥哥。

「此神名為犁䰢之尸，本為崑崙山眾神之一。」范暴死眼射兇光。「我們的舊主子說我們不如菌人，所以派他來監督我們，監督了快要一萬年！」

原來這靖人國也跟菌人國一樣，去年建國剛滿一萬年。

范暴死續道：「十三年前，我們終於受不了了，乘夜把他綁住，由我們自己的族人當國主。」

俞啖至心道：「結果他們在這十三年間，一共換了四十七個國主，弄得國事一團亂，人口大減。靖人暴力兇殘，沒人監督還真的不行。」

面上笑道：「你們推翻了舊主子派來的監督者，難道他竟不聞不問？」

范暴死色厲內荏：「舊主子當然想要攻打我們，但我們豈是好欺負的？」

靖人們都面露狠色。

俞啖至又想：「這個國家遲早完蛋，非得加緊利用他們的腳步。」嘴上催促：「范國主同不同意與我結盟？你也知道我出手慷慨，事成之後，絕對少不了你們的好處。」

范暴死瞪著犁䰾之尸：「事成之後，你要幫我殺死這個傢伙。」

原來靖人的力量太小，想盡各種辦法去殺犁䰾之尸，殺了十三年還沒殺成。

俞啖至笑道：「舉手之勞，必如君意。」

宰相謝暴斃猶自懷疑的問著：「俞公子究竟想要奪取菌人的地下通道做什麼？」

「我只需要開封地下的那一段。」俞啖至淡淡一笑。「我要用它來襲擊大宋的皇城！」

最年輕的首都府尹

有史以來，最年輕的首都府尹上任了。

去年的新科狀元顧寒袖平步青雲，一下子就從「太常寺」少卿晉升爲「權知開封府」，升官之快，令人咋舌。

他上任後的第一道命令，就是要大街上的人、轎、車、馬一律靠右走。本以爲此舉能爲首都帶來新氣象，不料卻把整座都城搞得亂成一團。

各街「街使」不斷來報：「東華門街堵轎，長達一里……西角樓大街堵車，長達一里……南門大街堵馬，長達一里……」

顧寒袖不解：「爲何如此？交通應該更爲順暢才是啊？」

總捕頭匡鵬飛一跛一瘸的走進來：「啓稟府尊大人，因爲有許多人搞不清楚哪邊是左、哪邊是右，不但擠成一團，而且還吵成一團。」

顧寒袖瞠目結舌。他是個書呆子，當然也是個生活白癡，哪知左、右對於一般人來說可是個艱深奧妙的概念。

錢穀師爺乾咳兩聲：「開封跟其他城市不同，大街上設有『軍巡鋪』，負責指揮交通，維持治安，所以堵轎、堵車的情形並不太嚴重，府尊的這道命令，咳咳，有些多餘。」

「那就……」顧寒袖頹然。「快把這道命令廢了吧。」

匡鵬飛湊到他面前，悄聲道：「前任鮑大人是因柳伯甫、朱老實的失蹤遲遲未能破案，才被撤換，所以大人的當急之務應該是全力偵破此案。」

顧寒袖責怪的看著他，又不敢表露出來：「破案不是你的責任嗎？」

匡鵬飛苦著臉：「小人爲了此案，屁股都差點被鮑大人打爛了，但仍毫無頭緒。」

顧寒袖發急：「可我……我又不會破案？」

匡鵬飛緊接著說：「『八印國師』昨日已經還朝，大人與他是舊識，可以請他幫忙。」

最多大印的國師

有史以來，身懷最多「國師」大印的就是十九歲的小道士莫奈何。

他本在括蒼山上修道，去年年初還是個渾頭小子，什麼都不會，但去年一整年他遇上一連串神奇古怪之事，眞所謂傻人有傻福，不但沒被妖魔弄死，還得到了大宋、大遼、夏國、高麗、大瞿越、大理、于闐等七國的國師大印，外加一枚崑崙天庭的「蓋天印」。

顧寒袖前年進京趕考，因爲腹瀉而落榜，回鄉途中又被妖魔取走了靈魂，還虧莫奈何在「奇肱國」弄到了一輛「野鷹一九七」飛車，載著天神「刑天」的後裔燕行空、「劍王之王」項宗羽等一干英雄遠赴崑崙山與妖魔大戰，不但拯救了全人類的命運，也讓他得以回復爲正常人，並於去年高掛榜首，從此一帆風順的當上了首都市長。

他鄭重的宴請莫奈何，兩人才一碰面，莫奈何劈頭就問：「梅姑娘近來可好？」

顧寒袖窒住半晌，勉強應道：「應該還好……我並不十分了解……」

莫奈何提到的梅姑娘，名喚梅如是，乃顧寒袖的表妹，兩人青梅竹馬，並早有婚約，但梅如是醉心於鑄劍，如今已是「軍器監」裡獨一無二的「劍作大將」。

顧寒袖的寡母不同意將來的媳婦在外拋頭露面，想逼梅如是放棄鑄劍事業，梅如是執意不肯，使得兩人的婚事陷入僵局。

而莫奈何暗戀梅如是已到了病入膏肓的程度，他自慚形穢，從不敢表露出來，暗中的關心則與日俱增。

莫奈何瞪了顧寒袖一眼：「去年冬天我去了南方一趟，在此期間，竟無人照料梅姑娘的生活？」

顧寒袖臉上露出「干你啥事」的表情，語氣也轉為強硬：「她一向我行我素，何需人照料？」

莫奈何一肚子氣，兩人之間的尷尬氣氛頓轉濃厚，還好管家又帶了一人進來。

「項大哥。」兩人一起站起行禮。

來人是「劍王之王」項宗羽，為武林三大劍客之一，既是莫奈何的老戰友，與顧寒袖亦甚投契。

他一來，大家的情緒就好多了，幾杯水酒過後，顧寒袖便憂心忡忡的對他說起這兩件失蹤案：「此事至關緊要，小弟的前程端賴能否破案。」

莫奈何暗忖：「他最擔心的就是他的仕途，除此之外，全都沒放在心上，連梅姑娘都不管了。」

項宗羽可沒想這麼多，爽快應允：「我跟小莫國師一定替你調查清楚。」

莫奈何聽他這麼說，也無法拒絕。

最離奇的失蹤案

莫奈何、項宗羽先到朱老實家中探勘、尋訪了一回，再轉至柳伯甫宅。

兩家的家人都說他們失蹤當晚並未出門，就在家中平空消失了。

「怎麼會呢？」項宗羽頗覺不可思議。

柳伯甫的夫人指證歷歷：「老爺每天晚上戌時三刻都會到後院去餵兩隻流浪貓，失蹤的那天晚上也是如此，餵貓的碟子還丟在地下。」

「會不會從後門出去了？」莫奈何問。

「我家沒後門。」柳夫人瞪眼。

兩人來到後院，一個小魚池，十幾株柳樹，草地修剪得很整齊，看來並無異狀。

項宗羽道：「朱老實的太太也說他是在後院失蹤的，他家也沒後門，這兩個最有名的老好人難道都會爬牆出去？出去幹嘛呢？」

莫奈何傻笑：「紅杏會出牆，老柳未必不會翻牆。」沿著院牆邊上一路細瞅，果然發現牆頭上有一個右腳腳印。

「有了！」再從頭巡查一遍，就只有這一個而已。

「這個腳印是從裡向外的，沒有從外向裡的，所以果然是老柳爬牆出去之後就再也沒回來。」

跟柳夫人要了柳伯甫的鞋子一比對，大小卻差得很多。

「不是老柳的？」莫奈何搔頭。

「那就是賊人的。」項宗羽凝目。

莫奈何不解：「賊人留下了出去的腳印，卻沒有進來的腳印，難道他進來的時候是跳進來的？」

項宗羽道：「照理說，人的動作都有慣性，出去時既然有踩牆頭，進來時應該也會踩。無論如何，先把這腳印捺下來再說。」

取了張薄紙，將腳印照樣描繪下來。

兩人再細細尋探庭院的每一個角落。

「咦，怪了。」莫奈何發現草地上有一個直徑兩寸左右的小洞。「朱家的後院也有一個這樣的小洞。」

項宗羽折了根七、八尺長的柳枝，運勁將它挺得筆直，往洞內一戳，竟探不到底；再向柳家借了一根一丈多長的木棍，仍無法探出它的深淺。

「這洞蹊蹺。」項宗羽道。「灌水進去看看。」

兩人合力灌了幾十桶水，那洞竟似個無底洞，來多少裝多少，完全沒有滿溢出來的意思。

鬧得項宗羽無法，只得朝莫奈何背上的葫蘆作了個揖：「有請櫻桃美少女出手相助。」

「嘻嘻，項大俠愈來愈看得起我了。」

葫蘆裡冒出一股紅煙，聚攏起來，居然變成了一個六寸大的紅色小人兒。

莫奈何笑道：「櫻桃妖，妳已經是我們不可或缺的老戰友，誰敢看不起妳？」

櫻桃妖朝他拋媚眼：「那你還不快把我娶回家？」

這櫻桃當年因爲生長在樹上的位置絕佳，得以盡量吸收日月精華，七千多年下來，一顆小小的櫻桃竟變成了西瓜般大，並且修得了一些成果，可以化爲人形，到處搗蛋做怪。但她仍嫌不夠，還想多多吸取男子的元陽，以更上一層樓，其中尤以處男的元陽最爲滋補寶貴，一個處男可以比得上一百二十五萬個隨意亂噴亂射的爛貨。

後來她碰到了莫奈何，一眼就看出他是個百分之百的處男，當然想盡辦法去勾引他，然而直到今天還未能得手，她只好死死的跟定他，還要千方百計的保護他不受別的妖怪荼毒、不受別的姑娘誘惑。

但她的道行有限，膽子又小，既怕水、又怕火，又怕寶刀寶劍、和尚道士，有時候反而需要莫奈何來保護她。

一人一妖處在一種極其微妙的狀態之中。

項宗羽指著地上的小洞：「妳可不可以鑽進去瞧瞧，下面是什麼樣的情況？」

櫻桃妖瞅了那小洞一眼，霍地倒退五步，渾身顫抖。

莫奈何、項宗羽從未見過她露出這麼恐懼的神情，便都心知其中必定藏有極大的隱密。

「櫻桃，妳怎麼了？快說話啊。」

櫻桃妖哆嗦半天，才道：「那……那……那是另外一個世界！」

「怎麼說？」

櫻桃妖直搖手：「別問了，我不想看，也不想聽，也不想跟你們說話。」一頭鑽入葫蘆，再也不肯出來。

兩人無奈的對看半晌，莫奈何才說：「難道是妖怪打的洞？」

項宗羽道：「如果是人爲的小洞，只有專業的鑿井人才鑿得出來，明天請個專家來鑑定一下。」

翌日，莫奈何找了幾個鑿井師前來勘查，大家探過之後，都大搖其頭。「從未見過這種奇怪的洞，確實是用鑿井的工具鑿出來的，但是怎麼會這麼深又這麼小？」

其中一人道：「聽說『天下第一鑿井人』已來到開封，國師可以去找他問問。」

最盛大的足球賽

山嶽正賽開始了。

來自全國各地的六十四支隊伍，展開單淘汰賽。

場邊搭起一座高臺，是皇帝的御用寶座，高臺後方還有一座大帳棚，供皇帝休息之用。皇帝趙恆愛看毬，後宮權勢最大的「美人」劉娥亦頗感興趣，他倆從第一天開始就每場必到。

五天內，羅達禮率領的娘子軍連贏五場，殺進總決賽，白翡翠一個人就進了二十九毬。場邊觀眾全都被她迷得神魂顛倒、如癡如醉，毬技、美貌各占一半因素。

御席上的趙恆更讚不絕口：「太漂亮了……太美了……」

每當此時，劉娥就會在旁岔上一句：「是毬踢得漂亮吧？是這毬進得美吧？」

趙恆便會乾咳著應道：「當然，當然。」

劉娥並不是一個嫉妒心強的女人，但她駕馭男人的技術可謂天下無雙，除了適時的警示之外，還會提醒著：「李宮人今天的狀況不知如何？」

趙恆今年四十二歲，尚無子嗣，之前的五名皇子都夭折了，好不容易劉娥的貼身宮人李淑忱有了身孕，預計今年四月中臨盆。劉娥一提起這件事兒，趙恆駿馬想要出廄的心就被拉到了產房外，不得不憂心忡忡。「但願此子能長大成人，繼承大宋社稷。」

今天是最後一天的冠軍總決賽，羅達禮娘子軍的對手正是大名府的黃馬隊。節度使姚不遂那日被白翡翠射了一針，莫名其妙的被弄了個灰頭土臉，心裡氣悶得很，比賽之前召集全隊，嚴厲訓斥：「今日若輸給了那隊娘子軍，大家都別混了。」

隊長黑珍珠與隊員們都高喊：「非贏不可！」

姚不遂又發下指令：「三刻鐘之後如果還僵持不下，就開始使用殺傷戰術。」

「是！」

毬賽要進行四刻鐘，大約現代的五十七分鐘；雙方的毬門各寬四尺、高兩尺，沒有專門的守門員。

毬賽開始了，羅達禮因有白翡翠這個神奇無比的大前鋒，自任後衛，負責分毬與守門。

三刻鐘過去了，白翡翠獨自踢進五毬，黑珍珠與隊友也一共踢進五毬，顯然勢均力敵。

姚不遂在場邊做出手勢，黃馬隊的踢法立刻有了改變。

阿珍正好搶到毬，往前盤弄，兩名粗壯的黃馬隊員猛衝過來，目標不是她腳下的毬，而是她的身體。

小蠻見勢不妙，想替阿珍阻擋，被另一名黃馬隊員從後一撞，整個人都飛了出去。阿珍想要閃過對方的夾擊，用跳躍的方式盤毬，仍遭那兩人橫掃過來的小腿掃中脛骨，痛得滿地打滾。

羅達禮向裁判大叫：「他們用的是無賴打法！」

撞倒小蠻的黃馬隊員被罰出場，但另兩名攔截盤毬員阿珍的隊員都不算犯規。

黃馬隊損失了一名隊員；娘子軍的阿珍、小蠻則被抬到場外治療傷勢，看樣子今天無法再上場。

羅達禮暗呸一口：「他們如果用這種打法，我們還有什麼希望？」

心中的念頭還沒轉完，又三名隊員被抬了出去。

羅達禮叫出暫停，把剩餘的四名隊友召喚過來：「我們能夠踢到第二名就已經很不錯了，犯不著爲了這個冠軍弄得大家渾身是傷。」

眾女子都默然同意，但白翡翠已動了真怒，美目透煞：「我本想踢一場光明正大的比賽，他們既然手段卑鄙，我也不客氣了。」

比賽恢復進行，羅達禮站在後方看見白翡翠的右手指間夾了數枚金針，便知黃馬隊必敗無疑。

白翡翠緊緊跟定己方的盤毬員小雪，兩名黃馬隊員又猛撞過來，白翡翠右手微揚，兩支金針射中那兩人的右膝「陰市穴」。

那兩人右腳一軟，跌翻在地，勉力站起，可都變得一瘸一瘸的，跑不動了。

黑珍珠等人沒看出蹊蹺，仍然前仆後繼的撞向小雪。

白翡翠金針連發，黃馬隊員一個個倒地，哪消片刻，能夠直立場中的就只剩下了一個黑珍珠。

所有的觀眾都搞不清楚這是什麼狀況，只覺得怪異至極。

黑珍珠木立當場，一逕眼望姚不遂，恍若一個無助的小孩。

白翡翠扭頭朝羅達禮高叫：「教頭，我們不以多勝少，你也帶著大家退場，就我跟黑珍珠一對一，決個勝負。」

羅達禮笑著喚回隊員，場中便成爲白翡翠與黑珍珠兩人對峙的局面。

觀眾大呼過癮，趙恆也興奮得很。「從沒見過這樣的比賽！」

在震天的喧鬧當中，莫奈何匆匆來到場邊，他聽說天下第一鑿井人今天會出賽，便想來找他請教。

他還沒擠入人叢，就看見自己的夢中情人「劍作大將」梅如是從另一邊走了過來。

「梅姑娘？」莫奈何又喜又怯。「妳……也愛看蹴鞠？」

梅如是淡淡的點了點頭：「我來晚了。」

「是啊，都已經快踢完了。」莫奈何替她可惜。「妳記錯了時間？」

「唉，我是因爲……」梅如是心事重重，臉色不太好看，莫奈何自然不敢追問。

兩人費了不少力氣穿過人叢，來到場邊，看見亭亭玉立於場中的白翡翠，都不由自主的驚呼一聲，傻住了。

「那……那不是黎翠姑娘嗎？」

白翡翠的身世

原來白翡翠的眞正名字是黎翠，乃崑崙山眾神之一「西王母」第三百零五代的徒弟。

她從六歲開始就跟姐姐黎青一起接受掌管災癘瘟疫與五刑殘殺的西王母的嚴厲調教，學得了高深的醫術與金針劫穴的武功。

兩年後，她倆被派到監禁、收集天下各種細菌病毒的「百惡谷」，黎青負責在外捉捕細菌，黎翠專司守衛看管與研究醫療之法。

因此黎翠自八歲起就沒有接觸過外面的世界，單純得像一張白紙。

去年九月間，一隻名叫花月夜的雁妖意圖竊取谷內細菌毒害全人類，騙得了姐妹倆的信任，導致黎青自殺，黎翠則被花月夜玷污了身子。

西王母決不放過犯錯的徒弟，黎翠命在旦夕，幸虧西王母的最後一名弟子薛家糖毅然決然的扛起看管細菌的重擔，鼓勵她逃離百惡谷，忘掉黑暗的過去，體驗全新的人生。

莫奈何、梅如是於奔走各地除妖降魔的過程中與黎翠結識，了解她的過往，一直擔心她走不出心頭的陰霾。

現在黎翠充滿活力的在場中跑跳，開朗而奔放，彷彿已將那段黑暗的記憶完全拋諸腦後。

梅如是開懷而笑：「她終於恢復正常了，只不知她爲何踢起毬兒來？」

天下第一娘子軍

毬賽時間已剩不到一盞茶，黎翠單挑黑珍珠，直如喝粥喫糕，她盤毬盤得黑珍珠兩眼生花，時而把毬挑過黑珍珠頭頂、時而把毬穿過他胯下，他根本無法阻攔黎翠射門得分。

好不容易搶到了毬，黎翠只一伸腳就把毬截回去，耍得他暈頭轉向。

觀眾們有節奏的齊聲狂吼：「白翡翠，女毬王！娘子軍，得冠軍！」

喝彩聲中，黎翠連進十毬。比賽結束，十五比五，娘子軍大獲全勝。

全場陷入瘋狂狀態，皇帝趙恆也禁不住手舞足蹈。

劉娥冷冷的說：「官家，先休息一下，等下還要頒獎呢。」

趙恆只得退入高臺後方的大帳。

綁架皇帝

趙恆意猶未盡的與內侍們熱烈討論毬賽中的每一個細節，劉娥獨自坐在一旁，忽聞腳下傳來一陣細細的語聲：「陶大器，你果然神機妙算，得來全不費功夫。」

「對啊，開封宮城的地基堅固，我們一直鑽不進去，恰好這皇帝老兒出城看毬，自投羅網。」

「趙恆是惡人榜上的第四名，把他抓去，我們就有兩善一惡，可以開始實驗本性替換法了。」

「還要再綁架一個惡人，兩善兩惡，才比較看得出實驗結果。」

劉娥愈聽愈奇，四下張望，找了半天，才發現一大堆小人兒聚在自己的腳下，咕咕噥噥的說個不休。

劉娥驚道：「你們……是什麼東西？」

陶大器笑道：「劉娥，妳爲人挺不錯的，名列善人榜上的第一千兩百五十七名，所以我們還不會抓妳。」

劉娥大叫：「妖怪啊！」

內侍都圍了過來，菌人帶來的小狐狸一起噴出褐沙，把他們與劉娥全都迷暈了。

趙恆也衝過來：「怎麼回事？」

「我們要綁架你！」

陶大器道：「快把他縮小。」

「來人哪……」趙恆還沒叫出口，也被弄昏在地。

幾千個菌人一起動手，用縮小帶把趙恆纏成了一顆粽子，但還要再等半個時辰，趙恆才會變小。

陶大器吩咐小狐狸守住帳門。

帳外的內侍因見帳內久無動靜，不免進來探看，但進來一個就被迷昏一個，帳內發生的情況完全傳不出去。

故人重逢

卻說黎翠下了場，接受完隊友的擁抱，莫奈何與梅如是擠上前來。

「梅姐、小莫道長？」黎翠見到他倆，又驚又喜。

梅如是笑問：「妳什麼時候學會了踢毬？」

「踢毬很容易學啊。」黎翠笑著說。「主要是因爲我可以藉著踢毬到處跑，探聽我爹的消息。」

這還是梅如是第一次聽到她提起她父親的事情：「妳快把令尊的名諱告訴我，我可以請『戶部』去查。」

「我爹的名字，唉，實在記不清楚……」黎翠茫然。「我只記得六歲那年母親病逝、父親失蹤，我跟姐姐一起被西王母收留……」

莫奈何莽莽然岔問：「黎青姑娘沒跟妳一起來？」

「她……」黎翠窒住半晌，最後才勉強擠出幾個字：「她已經死了。」

梅如是、莫奈何驚得說不出話。

黎翠開始抽泣，繼而痛哭得幾近崩潰。看來，那段經歷仍然狠狠的折磨著她。

指揮若定的皇后

大帳內，劉娥和內侍們終於醒了。

「官家呢？」內侍們亂成一團。「那些小人是哪一國派來的刺客？那些小狐狸噴的是什麼東西？」

劉娥細想之前聽到的菌人對話，其中隱藏著許多玄機，而且好像還不至於危及皇帝的性命，便大喝一聲道：「什麼小人？什麼小狐狸？都是你們自己的幻想。」

「可，我們都看見……」

又一聲大喝：「看見什麼？誰再敢胡言亂語，休怪我無情！」劉娥板臉、沉聲：「這大帳裡發生的任何事情，不准洩露半點，聽到了嗎？」

眾內侍齊聲回答：「是。」心裡卻想：「官家不見了，要如何收場？」

劉娥整了整衣冠，大步就往外走：「我去頒獎。」

混亂的場面就需要這種有膽識的指揮官，內侍們即刻安靜下來，乖乖的跟在她身後。

劉娥鎮定的走上高臺，不疾不徐的開聲道：「官家龍體不適，已先行回宮，由本宮代爲頒獎。」

大家都知道「劉美人」勢傾後宮，已然相當於皇后，所以也不覺得奇怪。

羅達禮代表全隊上臺領獎已畢，正想替白翡翠請求尋父，但被劉娥冷冷一瞪，訥訥的說不出半個字兒。

劉娥銳利的目光掃過人群，看見莫奈何擠在人叢裡發傻，便悄悄喚過內侍押班何喜：

「快去把小莫國師請到大帳裡來。」

又見小洞

莫奈何是趙恆、劉娥頗爲信任的人。他一進帳，就被劉娥拉到一邊：「小莫，事態緊急了。」

小莫兀自傻笑：「毬賽已經踢完了，還有什麼緊急的？」

「官家不見了！」

莫奈何目瞪口呆了好一陣子，才道：「『不見了』是什麼意思？」

劉娥把她自己看見、聽見的細說了一遍。

「一群小人？」莫奈何低著頭在帳內巡視，沒多久便看見許多小洞，跟在柳、朱兩宅裡看見的一樣。

「又是這個怪東西？」莫奈何猛搔頭皮。「我馬上去查。」

第八個惡人

日已西斜，毬場上的人潮早都散去。

莫奈何步出帳外，略一思忖，走往黎翠投宿的客棧，想要先聽聽那「天下第一鑿井人」的意見。

黎翠、羅達禮與隊友們舉行了一場慶功宴，大家都喝得醉醺醺，剛回到客棧門口，就被莫奈何攔下。

黎翠介紹著：「這位是我們的教頭，羅達禮。」

「羅達禮？」莫奈何一怔。「你是前洛陽知府羅奎政的公子？」

「不不不……同名而已。」羅達禮不願掀自己的底，打了個酒嗝兒：「我這名字，菜市場裡最少有一百個。」

「有事請教。」

莫奈何進了羅達禮的房間，神色凝重的關起門：「開封城內發生了大事，想請你去鑑定幾個奇怪的小洞。」

羅達禮心中暗驚：「怎麼這麼快就找上我了？」想起房中就有幾個小洞，方便菌人來去，連忙移步踩在洞口上。

陶大器因爲想多親近黎翠的芳澤，綁架完趙恆之後就又躲在羅達禮胸前的口袋裡，此時悄悄出聲道：「這個莫奈何在惡人榜上排名第八，罪名是『譁眾取寵，一無是處，竟成八印國師』。」

羅達禮打嗝兒道：「那要怎麼辦？」

「我們還少一個惡人，就是他了。」

羅達禮已經喝得醉茫茫，哪管天高地厚，道聲：「得罪了。」上前就想扳住莫奈何的肩膀。

「你幹什麼？」

莫奈何反手抓住他的手，兩人抱在一起，小孩兒打抱架似的打了起來。

莫奈何是墨家「從事科」的後代，從小就鍛鍊出強壯的體質根基，最近這一年他走南闖北，一刻不得閒，愈發身手矯健；羅達禮這些日子雖然結棍了許多，但比起對手仍差了一大截，幾番纏鬥之後就被莫奈何緊緊壓住，臉朝下的動彈不得。

陶大器見莫奈何兇狠難當，先一步從小洞中溜走，搬救兵去了。

莫奈何跨騎在羅達禮的背上，遊目四顧，發現了房中的小洞。

「原來就是你！」

羅達禮裝糊塗：「我不懂你在說什麼，你莫名其妙的跑來打我……」

莫奈何氣得抓住他的頭往地下一撞：「明明是你打我。」

「是你逼我的！」

「我問你，你房裡爲什麼也有這種小洞？」

「這有什麼稀奇，不過就是耗子洞。」

莫奈何又撞一下他的頭：「耗子會綁架人嗎？你給我從實招來，那些小人是什麼邪術？」

羅達禮心忖：「他怎麼知道得這麼多？」嘴上亂應：「《論語》裡有好多關於小人的句子，你問的是哪一句？」

莫奈何從懷中掏出那夜在柳伯甫後院牆頭描下的腳印薄紙，再扳起羅達禮的腳比對，不但大小完全符合，連鞋底的花紋都一模一樣。

「這是你的腳印，你綁架了柳伯甫，罪證確鑿。」

「你欲加之罪，何患無詞？」

「你還狡辯！你罪大惡極，就殺了你也不為過！」

羅達禮罵道：「你才是惡人！」

莫奈何又撞他的頭：「你快說，你把皇上弄到哪裡去了？」

羅達禮當時在場上踢毬，根本不知道這件事，陶大器後來也沒告訴他，現在一聽莫奈何這麼說，嚇得魂兒都飛了，暗道：「那些菌人怎麼把皇上綁走了？」

莫奈何大吼：「你快招供，那些小人是怎麼回事？」

羅達禮心膽俱裂，哪敢說實話，想要施展縮小術逃走，但又嘀咕：「我現在縮小，萬一被他壓扁了怎麼辦？就算逃過他的壓制，尚未跑到洞口就會被他踩死，所以還是等陶大哥他們來了再做打算。」

不管莫奈何怎樣撞他的頭，他抵死不吐半個字。

莫奈何正自莫可奈何，忽見小洞裡冒出幾十個小人，厲喝道：「莫奈何，休得無禮。」

莫奈何笑道：「正主兒總算露面了，快跟我回衙門去受審。」

陶大器冷笑：「你才要跟我們回去呢。」

莫奈何面露不屑：「就憑你們，恐怕連我的一顆鼻屎都搬不動。」

話沒說完，洞裡又鑽出了幾十隻小狐狸。

莫奈何已聽劉娥說起，這種小狐狸會噴出迷暈人的沙子，當即跳開，用手擋住面門，並且暫時停住呼吸。

葫蘆中的櫻桃妖冒了出來：「惹人厭的小傢伙，本姑娘陪你們玩玩。」

她本已練成三種化身——粗壯大娘、妖嬈少婦、美豔少女，而她的眞身有六寸高，對付菌人綽綽有餘，便不使用化身，伸手兩拳就把毛大腿、白大尾的頭打腫了。

陶大器看見她紅通通的小人兒模樣，頓時驚爲天人。「天哪，這正是我夢寐以求的伴侶！」

櫻桃妖掄拳打來，小狐狸噴出黑沙、褐沙，但櫻桃妖是個妖怪，根本不怕這些，菌人們只得抱頭逃命。

羅達禮逮著機會，施展縮小術，瞬間變成兩寸，跟著菌人一起鑽進小洞，不見了。

莫奈何當場傻眼：「正常人怎麼可以縮得那麼小？」

櫻桃妖笑道：「你若縮得那麼小，我可不要理你啦。」

莫奈何急道：「妳倒是快追進去啊。」

櫻桃妖又露出恐懼的表情，猛搖頭。

「難道妳怕那些小人？」

「當然不怕。」櫻桃妖牙關打戰。「但是下面還有其他的東西！」

「什麼東西？」

櫻桃妖絕口不提，又躲回葫蘆裡去了。

莫奈何沉思半晌，只得去敲黎翠的房門，問她曉不曉得羅達禮與小人兒的底細。

「那些小人來來去去，我也不知他們想要幹啥？」黎翠一臉茫然。「他們似乎並無惡意。」

「唉，他們如有惡意，還得了？」莫奈何憂急滿心。「他們沒有惡意，就已經攪得天下大亂！」

關於腦容量的問題

羅達禮跟著陶大器在通道裡奔跑，不住嘴的罵：「你不想活了嗎？竟敢綁架皇帝！」

陶大器笑道：「那是你們的皇帝，與我們菌人國何干？我只知道他是惡人榜上的第四名。」

羅達禮又罵：「你的腦袋比針尖還小，裡面怎麼藏著這麼多鬼主意？」

陶大器楞了一下：「何出此言？」

「這是一整套陰謀！」羅達禮發揮推理的頭腦。「你知道我會踢毬，所以才利用我；又鼓勵我接近白翡翠，再利用她；然後又利用大家組隊參加山嶽正賽，以製造你們綁架皇帝的機會。」

陶大器大聲叫起冤來：「組隊參加大賽都是她們自己的主意，大宋皇帝親臨毬場看毬、頒獎，也是他自己的主意，難道我還能主導這些事？」

羅達禮想想也對，兀自嘴硬：「反正你心懷叵測，詭計多端。」

陶大器又道：「再者，我那時哪知女媧大神會接受我的提議，用替換法改造人類？我也不曉得趙恆在惡人榜上的排名居然這麼高。」

羅達禮語塞：「反正……反正你就是個陰謀家。」

「我那時只是覺得你說的這些狀況很有可能會湊在一起，結果真的就照這樣發展下來。」陶大器得意一笑：「這可給你上了一課，能夠深謀遠慮、有備無患的人，總是能撿到便宜。」

「好吧，你這深謀遠慮的小腦袋，快幫我想想，我現在該怎麼辦？」羅達禮既懊惱又頹喪。「我已經是綁架皇帝的同謀要犯，十個腦袋也不夠砍！」

陶大器道：「別緊張，我正要帶你去一個地方。」

女媧寶庫

菌人國開封總部的後方有座隱祕的倉庫，閒雜人等別想靠近。

陶大器關閉了沿路會發動各種伏擊的機關，帶著羅達禮直達門口，打開大門，邊說：「這裡是女媧大神藏寶的寶庫，她說你頗適合當人類善惡的評論者，要我把她的法寶傳給你。」

寶庫內又分兩層，外層只放著兩件東西，一把傘與一塊五色繽紛的石頭，尺寸都比照正常人類的大小。

陶大器介紹著：「這把雨傘是大神平常用的傘，可以擋任何兵器的攻擊，躲在傘下還可以隱形；這一塊五色石的來頭可大了，當年大神為了要補天，鍊了三萬六千五百零一塊五色石，把天補好之後，剩下了這一塊，唸動咒語把它祭在天上，可以打妖怪，但不能打人。」

羅達裡望向鐵門緊閉的最內層：「那裡面還有別的法寶？」

陶大器登時變臉：「那裡面就放著藏有十二星君魔王的寶盒，寶盒一揭開，人類全完蛋！」

羅達禮打了個哆嗦，離那門愈遠愈好，但又望著那一傘一石發愁：「以我現在這種大小，怎麼拿得動它們？等我變大了，可又進不來。」

「我已經替你想好了。」陶大器帶著他走出倉庫，左拐右彎，前面有幾千個菌人正在用頓鑽倒著往地面上挖洞。

「那裡是最接近地面的地方，先挖出個大洞，等你回復成正常大類的大小之後，便可以進來把那兩件法寶拿走。不過別忘了，出去之後要把洞口隱藏好，免得別人偷跑進來。」

最大的妖怪

莫奈何先找了項宗羽，兩人一起來到開封府衙。顧寒袖住在府衙官邸內，正好整以暇的坐在桌前吟誦《詩經》。

莫奈何劈頭就說：「你別『關關關』了，這事情愈來愈嚴重，也愈來愈難辦了。」

顧寒袖並不很擔心：「匡總捕說，如果到現在還沒有綁匪要求贖金，就表示他倆只是離家出走。」

莫奈何壓低聲音：「連皇上都被綁架了。」

唬得顧寒袖連人帶椅子翻倒在地：「你別嚇我！」

莫奈何道：「這是劉美人親口告訴我的。」又說起剛才羅達禮與小人兒們的種種情狀。

顧寒袖雖然心慌意亂，肚子裡的書還沒亂套：「〈大荒南經〉裡有個菌人國，莫非就是此國之人？」

項宗羽道：「不管他們是哪一國的，他們綁架人類的目的究竟是什麼？」

莫奈何道：「劉美人說他暈倒之前，聽見那些小人嘀咕著什麼善人惡人、什麼實驗、什麼本性替換法，又說皇上是第四惡人，我剛才跟項大哥討論了半天，不知如何連貫這幾個詞句？」

顧寒袖琢磨半天，也磨不出什麼道理。

項宗羽道：「從這些話語裡，最起碼可以感覺得出，他們並沒有傷害人的意思。」

顧寒袖道：「明日一早先發出通緝羅達禮的命令，先抓住他，才有可能得知究竟。」

正說間，梅如是一臉陰寒的走了進來。

「項大哥、小莫哥。」梅如是溫柔的向兩人打過招呼，卻連看都不看顧寒袖一眼。

莫奈何小心翼翼的問著：「都已經這麼晚了，梅姑娘怎麼還不就寢？」

梅如是冷冷的說：「我已經沒地方可住，如何就寢？」

眾人都一楞。

梅如是續道：「我今天下午想去看蹴鞠大賽的時候，軍器監的王都監突然跟我說，他要革去我『劍作大將』的職位。」

難怪她看毬遲到，又心事滿腹。

莫奈何驚問：「怎麼會？妳的鑄劍術天下無雙……」

「看完毬回去，我一直逼問王都監，他終於吐露實情，說是因爲有一個比他大的官，給他壓力，他不得不從。」

莫奈何氣得跳腳：「哪個混蛋大官這麼卑鄙無恥？」

梅如是伸手朝顧寒袖一指：「就是他！」

項宗羽、莫奈何都呆住了，顧寒袖則乾咳連連。

莫奈何衝到他面前，一把抓住他衣領：「你爲什麼會做出這種事情？」

顧寒袖結巴著說：「我……我是覺得……女子不應該想得太多，女子的終身大事，就是應該找個好人家嫁了……」

梅如是冷笑：「你所謂的『好人家』就是你家？」

顧寒袖只有陪笑的分兒。

「表哥，我本還在猶豫，要不要因爲你而放棄鑄劍事業。」梅如是的語聲比劍鋒還要冰冷鋒銳。「但是現在，你給我聽好了，就算我無路可走、無處可住、無飯可吃，我也不會嫁給你！」言畢，轉身就走，再不回頭。

「表妹……」顧寒袖還想挽留，站起身來想追，被莫奈何一拳打在鼻子上，金星直冒。

「你……竟敢毆打朝廷命官？」

莫奈何怒極而笑：「唉喲，當上了知府，說起話來都不一樣了，很跩咧。」

櫻桃妖在葫蘆裡發話道：「你這知府算什麼？我家的小莫可是國師。」

莫奈何又戟指著他的頭，大罵不絕：「你用這樣不堪的手段，逼迫自己的表妹，你還算是個讀書人嗎？根本就是天下第一惡人！」

顧寒袖被罵得急了，也口不擇言：「你有什麼資格罵我？你成天跟妖怪攪在一起，你與妖怪根本沒差別！」

惹得櫻桃妖更怒：「你比妖怪更可惡！」

一直不說話的項宗羽，此時冷冷的瞪著顧寒袖，冷冷的拋出一句：「權力才是最大的妖怪。」

天下第一通緝要犯

菌人們挖出了一個大洞口，可讓正常的羅達禮出入。

他取了一傘、一石兩件法寶，鑽出洞口一看，此處已在開封城外，正好是一座廢棄的工寮。

他先搬了幾塊木板虛掩住洞口，走出工寮，觀察四周形勢。

此時曙光已現，只聽得肚中咕咕直叫。

他走往城外市集，想買些東西來吃，哪知遠遠就看見大群捕快到處張貼告示。眼尖的他，看到告示上繪有人形圖像，雖看不出畫得像不像，已嚇得他立馬止步。

捕快們又高聲吼道：「通緝天下第一重犯——羅達禮，懸賞黃金萬兩，知情不報者，與犯者同罪。」

人們都興奮尖叫：「黃金萬兩？可是有史以來最高的懸賞金額，抓住他就發財啦！」

羅達禮三步兩步跑回工寮，緊閉上屋門，費了好大勁兒，才平復驚慌的心情。

「我這輩子都毀了，那些菌人害得我好慘！」他又想責怪別人，但繼而又想：「這就是我的報應，我活該承受這惡果。」

他平靜下來，思考著最現實的問題：「下一步該怎麼辦？」不免也想起白翡翠，「我還能再看見她嗎？」

雖然並不期望將來會跟她有何發展，但揣想著她俏麗的身影，已是他此刻唯一的慰藉。

皇帝實驗品

皇帝趙恆覺得自己活生生的活在一個荒謬的夢境裡。

他還記得自己在大帳內醒來時，已被許多小人兒用一種奇怪的東西團團綑綁，非常的痛！

劉娥就暈倒在他的面前，他的眼睛正好對著她的鼻子，但過了一會兒，他發現劉娥的鼻子變大了，他兀自覺得有點好笑，爲什麼她的鼻子會變大呢？

再過一會兒，他笑不出來了，因爲劉娥的鼻子愈變愈大，到了最後，竟變成了一座小山，嚇死人的橫在他面前。

他這才發現是自己變小了，變得嚇死人的小！

綁架他的小人兒，這時已跟他一般大，輕鬆的把他扛進一個地洞，走了許久時候來到一座偌大的廣場，百丈見方，高度超過一丈，兩個正常人類在廣場上散步，狀頗悠閒。

「他倆是你們的老大嗎？」趙恆發問。

「他們也是被我們綁來的。」小人回答。「一個叫柳伯甫，一個叫朱老實。」

原來就是那兩個失蹤的老好人。

「你們到底想幹什麼？」趙恆又問。

一個自稱陶大器的傢伙說：「我們要拿你當實驗品。」

實驗品？我是皇帝，居然有人敢把我當實驗品？

趙恆有氣也發不出來，只一逕在心中大喊：「荒唐！荒唐！可又不是在做夢！」

又過了一段時候，他慢慢變回原來的尺寸，這才鬆了一口大氣，還好不會以小人終此一生。

陶大器又踅過來：「跟我走。」

小人們把朱老實也帶上了，驅趕著他倆走到一扇門前，上寫「檔案室」三個小字。

本性替換法之實驗：第一回合

「坐下。」檔案室總管孔大丘發出命令。

「怎麼坐？」朱老實瞠目。

小人的椅子怎麼坐得下去？趙恆忍不住噗哧一笑。

「不准笑！」孔大丘拱著凸凸的額頭，兇狠的逼視他倆。「誰是第九善人？」

大家都指著朱老實。

「誰是第四惡人？」

大家都指著趙恆。

趙恆大怒：「爲什麼我是第四惡人？我的罪名是什麼？」

陶大器翻開「惡人榜」的第四頁照本宣科：「專制帝王沒有一個好東西。」

趙恆抗議：「這也太簡略了，完全缺乏事實依據。」

孔大丘喝斥：「閉嘴！」

朱老實這時才知道身邊的這個人竟是皇帝，嚇得目瞪口呆。

幾千個小人搭成一個肉梯，讓孔大丘爬上朱老實的頭頂，然後又送上兩隻小狐狸與一具超小型的頓鑽。

「那是什麼？」趙恆驚問。

「閉嘴！」

小狐狸拉動頓鑽，很快的就在朱老實的頂門上鑿出了一個小洞。

孔大丘很滿意：「那個姓羅的人類發明的東西眞管用，從前要用斧劈，三個時辰才鑿得開。」

孔大丘又取出一根大鐵鉤，直往洞內戳進去。

趙恆看得魂飛魄散：「殺人啦！」

朱老實卻沒什麼感覺。

孔大丘拚命旋轉雙手，把那鐵鉤在朱老實的腦子裡攪呀攪，攪了半天，手一提，居然取出了一塊紅通通的小肉團。

趙恆噁心不已：「這也太恐怖了。」

頓鑽與小狐狸轉移到趙恆頭上。

趙恆掙扎、哀號：「別這樣弄我行不行？」

陶大器問朱老實：「你剛才痛不痛？」

朱老實聳了聳肩膀：「只有一點點痛。」

陶大器對趙恆道：「這個人一輩子沒說過一句假話，所以你不用怕。」

頓鑽完工，孔大丘提著鐵鉤爬到趙恆頭上，把鉤尖上的那個小肉團塞入趙恆腦子裡：

「大功告成，靜觀結果。」

眾小人或坐或臥，都盯著趙恆，看他會發生什麼轉變？

趙恆逐漸露出失神的表情，呆呆的瞪視前方。

「開始發生作用了。」孔大丘緊張又興奮。「希望這實驗能夠一次成功。」

又等了兩、三盞茶的時間，趙恆的眼光有了焦點，臉上也露出笑容。

「差不多了。」孔大丘站到他面前。「第一個問題，你叫什麼名字？」

趙恆道：「我叫……趙子龍。」

眾小人都一呆。「你說什麼？」

「吾乃常山趙子龍，你們沒聽過嗎？」

陶大器訝道：「他說的應該是眞話，難道他眞是趙子龍轉世？」

「等等。」孔大丘又問：「你娶妻了沒有？」

趙恆笑道：「小生尚未娶妻，如有美姑娘，一定要介紹給我。」

陶大器等人猛搔頭皮。「這……怎麼回事？」

孔大丘再問：「你是大宋皇帝嗎？」

趙恆搖頭：「不是，吾乃『龍虎玄壇眞君』趙公明。」

「嘩，怎麼又變成了趙公明？」

趙恆高興大笑：「嘻嘻，我怎麼這麼會撒謊？」

孔大丘疑心頓起，瞪向朱老實：「你老實說，你這輩子有沒有撒過謊？」

朱老實苦著臉：「我……小時候最愛撒謊，一次我娘叫我去雜貨店買油，老闆問我姓什麼，我說姓朱……」

眾小人都皺眉。「你沒撒謊啊。」

「但我又說我的祖宗是諸葛亮，然後就被老闆毒打了一頓，從此以後我就不敢撒謊了。」

眾小人爭相搶問：「你小時候爲什麼愛撒謊？」

「我也不知道，就是愛撒謊。」

「換句話說，你的本性愛撒謊，後來受了教訓才不撒謊？」

「正是如此。」

「本性替換法第一次實驗——」孔大丘提筆記錄。「成功。」

成大腕嚷嚷：「這樣還叫成功？」

孔大丘瞪眼：「朱老實先天的本性愛撒謊，趙恆現在也愛撒謊，當然證明此法有用。」

成大腕忍氣道：「你這方法只能灌入人類天生的本性，而灌入不了他們後來改變了的本性。」

孔大丘瞪起一雙惡眼：「既然後來改變了，就不是本性。」

「好囉。」陶大器歸結著說：「所以現在的癥結變成了——你這檔案室裡建立的檔案有問題。」

孔大丘大怒：「怎麼會？」

陶大器道：「朱老實明明是個撒謊專家，但在你的善人榜上可成了排名第九的大善人。」

孔大丘振振有辭：「小狐狸的沙子噴進他腦袋裡的時候，他已經長大了，所以記錄不了他小時候的思想，這很正常啊。」

成大腕道：「但如果每個人都是這樣，就根本看不出他們先天的本性，所以你們的檔案全都沒用。」

孔大丘的額頭脹得更大了，把鐵鉤摔在地下，捲起袖子就想跟陶大器、成大腕拚命。

有史以來最重大的辯論

正亂哩，羅達禮走了進來。

「你來幹什麼？」孔大丘兇巴巴的大吼。

羅達禮囁嚅：「我想問問實驗的進度怎麼樣了，我才好決定我以後的行止……」

孔大丘怒喝：「你們綁來的壞人不夠壞，好人不夠好。」

陶大器反唇相稽：「那是因爲你們的善人榜不善，惡人榜不惡。」

孔大丘又要拚命。

羅達禮忙攔在中間：「大家別傷和氣，我覺得最基本的問題更重要。」

「你又添亂！」孔大丘愈怒。「還有什麼更基本的問題？」

「最基本的問題就是，善惡的標準是什麼？是依據什麼而訂下的？」

「耶，羅達禮的頭腦不錯。」陶大器很滿意。

成大腕道：「檔案室裡有一個『善惡評論小組』，二十五位善惡評論員，總裁就是這個孔大丘。」

羅達禮問：「你們的標準是依據朝廷的律法嗎？」

皇帝趙恆一旁唉道：「國法管個啥用，不就是騙騙老百姓的嗎？」

眾小人竊竊：「他這是老實話，還是在撒謊？」

孔大丘道：「國家的律法只能評判人類一時的行為，管不著人類一世的善惡。」

成大腕道：「善惡的標準本就難以定案。中原的諸子百家，並無一家訂出了明確的標準。」

陶大器望著孔大丘笑道：「跟你同名的那個傢伙，也沒訂出標準。」

孔大丘道：「我們參考了佛教、道教的戒律與景教的十誡。佛教的十惡是：一殺生，二不與取，三欲邪行，四虛誑語，五離間語，六粗惡語，七雜穢語，八貪慾，九嗔恚，十邪見。」

陶大器打了個呵欠：「五戒是：不殺生、不偷盜、不邪淫、不妄語、不飲酒。」

羅達禮道：「道教的十惡五戒，跟佛教完全相同。」

「至於善呢，」孔大丘又道：「佛教的善是不行十惡、不犯五戒……」

成大腕道；「道教的善則是一克勤，二敬讓，三不殺，四不淫，五不盜，六不嗔，七不詐，八不驕，九不二。」

孔大丘續道：「景教十誡的前三誡都強調信仰，跟我們討論的善惡標準無關，所以前三誡就不說了，第四誡是要孝敬父母，五是不殺人，六是不行邪淫，七是不偷盜，八是不妄證，九是不綺思他人之妻，十是不貪他人財物。」

陶大器又打呵欠：「說來說去，跟佛、道也差不多。」

「標準雖然差不多，但程度上可有很大的差別。」羅達禮道。「就拿最簡單的虛誑語來說，小孩子半夜愛哭，父母就騙他會被捕快抓去、被狐仙抓走，這也算犯戒嗎？」

成大腕冷冷道：「引誘未婚妻的姨母，當然比引誘其他的女子嚴重得多。」

羅達禮滿臉通紅，連連乾咳。

毛大腿道：「軍人為國打仗，殺了敵方軍士，怎麼辦？」

艾大米道：「捕快殺了拒捕要犯，怎麼辦？」

彭大奶道：「士子高中進士，赴瓊林宴，皇上賜酒，怎麼辦？」

趙恆大笑：「原來朕是想害那些進士，讓他們死了以後統統都要下地獄。」

鄧大眼道：「而且還有一點很重要，這人的本性灌進那人的腦袋裡之後，能夠維持多久？必須長期觀察。」

成大腕冷哼道：「我認為，如果看不出人類的本性，又分不清基本的善惡，這本性替換法就毫無用處，人類的改造就算失敗，還是得依照我原先的提議，把整個人類毀滅掉算了。」

這下子，變成孔大丘與陶大器站在同一條陣線上，大肆反駁，檔案室內吵成一團。

都是八

陶大器仍然堅持：「只要把檔案室裡的檔案重新整理改進，就可以繼續進行實驗。」

孔大丘可又跟他翻臉了：「重新整理？你去整理。」

毛大腿忽然想起：「女媧大神那日不是親封羅達禮爲善惡評論員？就叫他去整理。」

羅達禮還沒說話，孔大丘已道：「好，我早就想辭掉善惡評論小組總裁的職位，這差使吃力不討好，就交給他了。」

羅達禮發慌：「我哪有能力當什麼總裁？還是找別人吧。」

趙恆又在旁笑道：「朕瞧你挺不錯的。」

眾小人又竊竊：「他這是眞話還是假話？」

成大腕哼道：「自古以來，皇帝的話本就沒有眞假，都是廢話。」

陶大器鼓勵道：「羅達禮，非常時期就需要你這種非常人物，你就別推辭了。」

羅達禮只得跟著他們進入另一間房間，二十五名善惡評論員正忙著評論每一個人類的善惡。

陶大器指著羅達禮：「新任的總裁來了。」

評論員們的眼睛都不太靈光，一起湊到羅達禮面前，仔細的瞅了一番。「好，認識了。」

「你們評論善惡可有程序？」羅達禮發問。

「當然有。」一個評論員回答。

「就是吵架。」另一個評論員說。

羅達禮翻著白眼進入另一間房，那日陶大器等人搬出來的善人榜與惡人榜還沒收回櫃子裡，堆得滿房間都是。

羅達禮見到那如山的檔案，身子都快癱了：「這要整理到何時？」

成大腕哼道：「整理不出來，人類就等著毀滅。」

彭大奶道：「不要慌，最重要的是前面，前面理順了，後面就好辦。」

羅達禮先翻了翻惡人榜的前幾頁，看見自己的名字列於惡人榜第五名，但後來已被除名。

再去翻善人榜，可有了大發現，驚呼出聲：「這莫奈何在惡人榜上排名第八，但在善人榜上也排名第八，怎麼回事？」

小人兒們擠上前一看，果然如此。「這八印國師怎麼都是八？眞是個王八！」

羅達禮指著陶大器罵道：「那晚就不該綁架他，害我惹上了大麻煩。」

陶大器乾咳道：「榜上的人實在太多，我們看花了眼。」

羅達禮想了想：「莫奈何在善惡兩榜上都有，可見這榜確實有著大問題。」

榜上的每一個人，除了用大字寫上主要的罪名或善行之外，底下還有許多小字，列舉出他們被沙子噴過、遭菌人監視後的種種行爲。

羅達禮抄下了兩榜的前十名：「我帶回工寮去研究。」

丐幫幫主

都是八的莫奈何在大街上疾行，見到乞丐就問：「你們的幫主在哪裡？」

乞丐們都跟在他後面，盡問：「國師，一萬兩黃金可以買幾個饅頭？」

莫奈何笑道：「你們幫主已經下達了命令？」

一個乞丐說：「當然，黃金萬兩，誰不想賺？」

另一個乞丐道：「我們幫主說了，如果我們能抓到那通緝要犯，就要用賞金買一棟大房子，讓我們全都住進去。」

先一個乞丐道：「我們討來的食物就放在汝窯青瓷盤裡，用銀筷子夾著吃。」

莫奈何道：「你們幫主眞是有心人，不錯不錯。」

大伙兒東拐西拐的來到「大相國寺」。

東門外「小甜水巷」的巷尾坐著一個斷了左臂，瞎了左眼，瘸了右腿、右手也不甚靈便的老乞丐，面前放著一隻碗，裡面裝了十幾個銅錢。

莫奈何走上前去，拍了拍他的肩膀：「芝麻李，日子過得挺愜意的嘛。」

諢號「芝麻李」的幫主露出知足的微笑：「託大家的福，還過得去，過得去。」

這芝麻李其實是個浣熊妖，還曾是第五公子俞啖至的手下，跟莫奈何等除魔英雄交手過多次，每戰皆敗，落得現在這種幾近全殘的下場。

如今他想通了，人類還是比他的妖魔同伴好得多，當上丐幫幫主之後，頗爲照顧手下的小兄弟。

「你可有什麼消息？」莫奈何深知必得用上丐幫的力量。

芝麻李哼哼：「到了這種時候，就想到我們妖怪了。」

莫奈何道：「你幫我，我幫你，一萬兩黃金統統給你去蓋大院。」

「我就曉得你最光棍。」芝麻李笑道。「其實，除了滿街跑的乞丐之外，還有一種東西最好用，可笑那些捕快都不懂這道理。」

「你是說……」

「狗鼻子最靈，讓牠們去嗅，沒有找不到的人。」芝麻李分析著。「街上的流浪狗老是跟乞丐混在一起，所以我們動員幾百條狗決無問題。」

「狗沒經過訓練，成嗎？」

「找幾件羅達禮的衣物讓牠們嗅一下，然後再拿塊牛肉讓牠們嗅，牠們就懂得這是什麼意思啦。」

莫奈何擊掌：「眞是好辦法。你爲什麼不早吩咐下去呢？」

「羅達禮曾經住過的那間房被捕快看守住了，我們進不去，要你出面才行。」

「好，就這麼辦。」莫奈何笑道。「等那些狗嗅著了黃金萬兩，我再建請朝廷興建一所流浪狗之家。」

滿城盡是黃金狗

羅達禮在工寮內研究善惡人榜，愈看頭愈暈，肚子愈餓。

他已一整天沒吃東西，快要撐不下去了。

「怎麼辦呢？又不能露面。」

放在角落裡的兩件法寶被正午的陽光一照，閃起了兩道光，他的腦袋便也跟著閃起一道光。

「陶大哥不是說把傘撐起來，躲在傘下就可以隱形？」

他把五色石揣入懷裡，拿著雨傘跑出工寮，把傘一撐，並沒覺出任何異狀。

「我眞的隱形了嗎？」

心中全無把握，當不得饑火中燒，只得躡手躡腳的走近城外市集。

迎面一個大娘挺著胸脯一直朝他撞過來，羅達禮竊笑著閃開，終於確定沒人能夠看見他。

他大著膽子從攤子上抓了塊大餅，還不忘放了幾文錢在攤子的角落上。

他一面走，一面到處抓東西吃，沒多久就吃飽了，本想回去繼續工作，但思念白翡翠的心把他的腳推向城內。

他直奔當初下榻的客棧，走沒多久，一條髒兮兮的流浪狗就跟了過來，繞在他腳邊盡嗅。

他小聲喝斥：「笨狗，上別處去。」

又走幾步，又跑來兩隻狗，也緊跟著不放。牠們沒受過正規訓練，不會吠叫示警，只是跟定對象不放。

「喂，你們幹什麼？滾遠點！」

他加快步伐，但各種各樣的狗從四面八方跑來，全都圍在他腳邊，令他舉步維艱。

「難道是因爲我剛才吃了塊燒餅夾肉？」

他又在路邊攤上抓了些吃食往旁邊亂丟，但狗兒們全不見異思遷，緊緊纏在他身邊。

莫奈何已找了項宗羽一起在城內巡視，忽聽前面傳來嘈雜人聲：「那些狗是怎麼啦？開大會呀？」

他倆快步轉過街角，就看見兩百多隻狗聚在一起，有些低頭猛嗅，有些仰頭看著空氣猛搖尾巴。

街邊的閒雜人等都議論紛紛。

莫奈何道：「那些狗一定發現了什麼，但怎麼看不見東西？」

項宗羽狐疑：「莫非他會隱形？」

羅達禮看見莫奈何就在前面，趕緊回身就走，狗兒們也一起轉身跟著跑。

莫奈何道：「那妖怪顯然就在狗群中間。」從懷裡掏出蓋天印，唸動咒語祭在天上，緊追羅達禮的頭頂而去。

這金印是崑崙山眾神之一金神「蓐收」鍊成的法寶，威力非同小可，但只能打妖怪，不能打人。

羅達禮見那金印就將當頭罩下，唬了一大跳，便也祭起女媧的五色石迎了上去。

這石頭也只能打妖，不能打人，一石一印飛呀轉的僵持在空中。

旁觀人眾都發出鼓噪：「變戲法呢！」

項宗羽覷準狗群正中央，縱身過去就是一拳。

羅達禮趕忙把傘一低，護住身體，項宗羽一拳打中傘面，只像打在一大團棉花上，根本出不了力。

「邪門！」

羅達禮的傘既已打橫，身體便現了出來。

項宗羽拔劍又刺，但天下第一利器湛盧劍也刺不透女媧的寶傘。

他們這麼一打，狗都嚇跑了，羅達禮乘機再把傘撐在頭上，隱去身形，逃向城外。

又遇煞星

羅達禮沒命跑出一大段，實在累得不行，坐在一棵大樹下喘息。

忽聞腳下有人說：「羅達禮就是這一個？」

羅達禮以爲是菌人，順口嗐道：「你們連我都不認識了？」

草叢裡走出一群九寸高的小人兒，全都手持長矛，暴聲喝道：「乖乖束手就擒，否則格殺毋論。」

羅達禮不知厲害，笑著說：「你們是大號的菌人國？」

一個穿著較爲氣派的小人大剌剌的站到他面前：「本王范暴死，乃靖人國之主，見了我還不下跪？」

羅達禮失笑：「我昨天見了大宋皇帝都沒下跪，而且我再怎麼跪也還是比你高。」范暴死大怒，挺矛刺來。羅達禮手一揮，把他打飛兩丈遠，但那長矛刺在他手上竟刺破了一個大洞。

羅達禮尋思：「他們比菌人大了四倍多，還不太好對付。」跳起身來，擺出防衛架式。

「羅達禮，不要欺負小人，有話咱倆好商量。」

話聲甫落，大樹後轉出一個正常尺寸的人，頭的左半邊漆黑凹凸，活像一塊焦炭。

羅達禮在去年六月間曾經見過此人，還被他軟禁了幾天，那時他風度翩翩，面若冠玉，如今竟變成這等恐怖模樣。「第五公子，聽說你在洛陽的『天下第一莊』已被朝廷勦了，你這陰謀野心家，跑來開封又想幹什麼？」

俞啖至笑道：「我的野心，需要借重你的長才。」

「我有什麼長才？」羅達禮不想跟他打交道，轉身就走。

那群靖人追過來，幾十根長矛就往他的小腿上猛刺。

羅達禮用傘往下一擋，輕鬆擋掉這波攻擊：「你們別動粗，不會是我對手。」

俞啖至笑道：「我倒想試試你的身手。」扠開五指，一把抓向他肩頭。

羅達禮根本不會武術，只能用傘亂擋，怎當得俞啖至千變萬化的掌法，節節敗退。

羅達禮並不知道俞啖至是個妖怪，一心只想著五色石不能用來打人，所以沒有取出使用，致令自己陷入絕境。

俞啖至幾招之後就扭住了羅達禮，讓他動彈不得。

「你想幹什麼？」羅達禮的胳膊快被折斷，痛得齜牙咧嘴。

「其實很簡單，就是要你傳授製造鎮鑽的祕密。」

羅達禮本想硬撐著不理會，但又暗忖：「鎮鑽的主要作用就是鑿井，他若能把它推廣出去，未始不是一件好事。」

嘴上便應道：「我又沒想保密，你們這麼粗魯幹啥？」

俞啖至放開他，和善的笑著：「那就快說吧。」

「這裡沒有實物，我得畫圖講解。」羅達禮道。「工寮中有紙筆，你們跟我過去。」

十大惡人與十大善人

工寮已不冷清，幾百隻狗占據了內外，猛搖尾巴，彷彿在說：「萬兩黃金快點拿來。」

俞啖至一驚。「他們又找來了。」

項宗羽、莫奈何從裡面走出，瞪著俞啖至。

他們幾次破壞了俞啖至荼毒天下的陰謀，項宗羽跟他還有私人怨仇，此刻一見，分外眼紅。

項宗羽二話不說，湛盧劍出手，直指俞惔至咽喉。

俞惔至面露輕蔑：「單憑你一個人，能把我怎麼樣？」他乃神農氏的嫡系後裔，一手赭鞭，一手藥鋤，都是神兵利器，獨鬥項宗羽這等人世間的頂尖劍客，綽綽有餘。

兩人交手沒幾招，莫奈何從懷中掏出蓋天印，拋在空中，對準俞惔至的頭頂狠狠打下。俞惔至乃半人半妖，蓋天印對他有著極大的殺傷力。他原本深知莫奈何不過是個渾頭小子，什麼本領都沒有，不料他如今身上竟有這麼厲害的法寶，差點被那金印打中，一連滾了好幾滾才躲過，攪得狼狽不堪。

羅達禮心想：「既然那印有用，五色石應該也有用。」偷偷掏出五色石也祭在空中，那石頭發出五道霞光，直射俞惔至頭顱。

饒那第五公子神通廣大，也當不起兩大法寶的夾擊，只得落荒而逃。

靖人們見勢不妙，早跑得精光。

羅達禮撿回女媧寶傘，又想撐開來隱形，黎翠已聞訊從另一邊趕來，抓住了他的手：「教頭，你別盡躲，快把那些小人的事情說清楚。全城的人都在抓你，你能躲到哪裡去？」

莫奈何趕過來，一把將他抓起，扛在肩上。

黎翠皺眉：「這是幹什麼？」

莫奈何道：「免得他又縮小而逃。」

黎翠調解著：「羅教頭只是個正常人。」

莫奈何哼道：「我親眼看見他變成了一個小人，他決不正常。」

黎翠思前想後，羅達禮的確有一些離奇的舉動：「教頭，你放心，小莫道長可保你自首無罪。」

羅達禮苦笑：「這個野蠻的傢伙只會拷問我，上次頭都被他撞腫了。」

莫奈何罵道：「你再不吐實，我把你的頭撞爛。快說，你把皇上跟那兩個老好人綁到哪裡去了？」

「我沒空跟你們講這些。」羅達禮心急如焚。「我整理檔案的大事若不成功，大家都得死，你們應該讓我專心先把這件事情做好。」

「你胡說些什麼？」

羅達禮不得已，把女媧改造人類不成便要毀滅的事情大致說了一些。

莫奈何等人聽得半信半疑。「那俞啖至找你又想幹嘛？」

「他想學我發明的頓鑽，我也不曉得他的目的是什麼？」

眾人進了工寮，莫奈何先把羅達禮用繩子吊在屋樑上，再進行搜索，只見桌上堆著兩疊紙，一疊上寫「善人榜」，另一疊則是「惡人榜」。

「這就是你要整理的檔案？」

「沒錯。」

莫奈何、項宗羽先翻開善人榜，第一頁上的大字寫著第一名——「顫抖神箭」文載道，下面密密麻麻的小字記載著他的善行。

莫奈何笑道：「文公子連殺人的念頭都不敢有，每次射箭都會發抖，如果目標不是人，他才射得出去。」

再翻看第二頁的第二名是，西王母座下「右大夫」黎翠，底下並無小字，只有一註：「此人並無檔案，全屬道路傳聞。」

項宗羽頷首道：「黎姑娘，妳當之無愧。」

黎翠敬謝不敏，紅著臉道：「道路傳聞如何做得了準？」

羅達禮叫了一聲：「原來妳姓黎。」又道：「菌人國的善惡評論小組確實有許多瑕疵，但對姑娘的評論應該不差。」

排名第三的是「百惡谷主」薛家糖。

黎翠笑道：「『糖糖』從來沒有做壞事的念頭，排名當然是高的。」

再往下看，第四名是「祝融火琴」崔吹風，第五名是「劍作大將」梅如是，第六名是「大慈善家」柳伯甫，第七名是「形意神拳」霍鳴玉，第八名是「八印國師」莫奈何。

莫奈何瞪向羅達禮，怪問：「那日你不是說我是惡人，還想綁架我？」

羅達禮尷尬得答不出話。

再看下去，第九名是「句句實言」朱老實，第十名是「夏國公主」趙百合。

莫奈何道：「再瞅瞅惡人榜，又會鬧什麼笑話？」

惡人榜卻是倒著排列的，一翻開就是第十名「劍神」呂宗布，罪名是「心高氣傲」。

項宗羽皺眉道：「呂少俠俠肝義膽，雖有些驕傲，怎算得上有罪？」

再翻一頁是第九名「水神之女」共音兒，罪名是「嘮叨成性」。

莫奈何失笑：「這也是罪名？如果眞是這樣，普天之下有一半的人都要排名第九了。」

再看，莫奈何又第八，罪名是「譁眾取寵，一無是處，竟成八印國師」。

莫奈何咋唬：「怎麼又有我？你們亂搞什麼？」

羅達禮囁嚅：「就是因爲這兩榜有些問題，所以我才要重新整理。」

「那我到底是善人還是惡人？」

「呃……再說唄。」

第七名「高麗公主」王梳雲的罪名是「嗜酒成癖」。

莫奈何笑道：「這倒有些道理，酒喝多了畢竟不好。」

第六名「開封知府」顧寒袖，罪名是「醉心功名，迷戀權勢，迂腐不化，無可救藥」。

莫奈何撫掌道：「哈，太有道理了，他應該排名第一才對！」

第五名「紈褲之最」羅達禮，「敗德浪蕩，不學無術，後已洗心革面，痛改前非，故而除名。」

莫奈何呸道：「這麼壞的人還被除名？完全沒道理！」

第四名「大宋皇帝」趙恆的罪名是「專制帝王沒有一個好東西」。

「這也太空泛了吧，瞎搞。」

第三名「刑天之斧」燕行空，「假借正義，濫殺無辜，因已死亡，故由愛財如命的邢進財取代」。

莫奈何大怒：「燕大哥是大英雄，進財大酒樓的邢大掌櫃也是伏魔降妖的戰將，怎可被你們誣衊至此？」

一把抓起惡人榜，就想撕個粉碎。

項宗羽道：「等等，先看完再說。」

再看第二名是「追日神探」姜無際，「邪淫好色，本該排名第一，但因身陷時間迷宮，算是失蹤，故而暫列第二」。

莫奈何搖頭道：「哪個男人不好色？你們的標準太嚴苛了。」

櫻桃妖在葫蘆裡發話道：「那你為什麼不好色？你若好色，我早就得利啦。」

莫奈何乾咳：「妳別添亂。」

櫻桃妖想了想又道：「幸虧你不好色，否則不會直到現在還是個處男。」

項宗羽忍不住想要看看天下第一惡人究竟是誰，匆匆翻到最後一頁，上面竟寫著——

「劍王之王」項宗羽！

罪名是「殺人如麻，滿手血腥，名曰報仇，實則心殘，罪無可逭，惡貫滿盈」。

項宗羽頭一暈，跌坐在椅子上，喃喃：「判得好啊，判得眞好！」

數年前，俞啖至手下的「中原五兇」侵入項宗羽的故鄉，將項氏宗族五百多人屠戮殆盡，因此項宗羽這幾年來都在追殺他們的黨羽，確實殺了不少人。

莫奈何怒道：「那中原五兇呢？怎麼沒有他們的名字？」

項宗羽神經質的大笑：「除了『裂地熊』江佾清尙有良知，其他的四個都死光了，當然已經除名，我就變成排名第一了。」

莫奈何細思一回，覺得羅達禮所言不虛，便鬆開繩索，放他落地：「我去過崑崙天庭，諸位大神我也認識不少，他們都說女媧大神沉默寡言、謙和退讓，不想居然如此心狠手辣。」

羅達禮頹然：「我們都是她的作品，只怪我們自己不爭氣。」

櫻桃妖幸災樂禍：「還好我是個植物，不歸她管。」

莫奈何又煩惱半天：「你能帶我們進入地下通道嗎？」

羅達禮一指用木板虛掩住的洞口：「這裡就有個正常人可以出入的大洞，直達菌人國的總部，那兒寬敞得很，幾百個正常人都住得下……」

「我們現在就先去把人救出來。」

羅達禮唉道：「把皇上救出來又如何？這根本不是重點。如果菌人們正在進行的本性替換法沒有用，甚或我們現在去破壞了這實驗，人類就等著被毀滅，一個都逃不掉。」

莫奈何等人面面相覷，都呆掉了。

自願實驗品

顧寒袖坐在桌前，根本看不下堆積如山的案卷。

梅如是那夜跟他翻臉之後，他就睡不著覺，更無心公事。

「權力是最大的妖怪」、「當上了府尹，很跩咧」，項、莫兩人的語聲不斷在他腦中迴盪，使得他愈來愈討厭自己。

「我怎麼會用那種方法去逼迫梅妹？我真的變成了一個仗著權勢欺人的奸官？聖賢之書都讀到哪裡去了？我還有臉做人嗎？」

正當他想用硯臺猛砸自己腦袋的時候，項宗羽、黎翠帶著羅達禮進來了。

「小莫道長呢？」顧寒袖最想當面道歉的人就是他。

「他……」項宗羽支吾道。「他不想看見你，自己回去了。」

顧寒袖重嘆一聲，更加頹廢。

項宗羽沒情沒緒的指著羅達禮：「此人就是三件綁架案的同謀。」

顧寒袖勉強振作精神：「你綁架皇上做什麼？」

羅達禮又把女媧改造人類以及趙恆被灌入朱老實本性的實驗說了一遍。

顧寒袖聽得張口結舌，良久方問：「那……現在改造的實驗到底進行得如何？」

「我們發現善惡的標準有問題，必須重新釐清。再就是，取來做實驗的樣本不太對，善人不善、惡人不惡，所以最起碼還需要一個眞正的惡人，才能確證實驗的效果。」

顧寒袖沉吟了大約兩炷香，猛一咬牙，站起身子：「我在惡人榜上排名第六，其實應該排在更前面才對。我去給菌人做實驗！」

項宗羽冷笑道：「你瘋了？」

顧寒袖切齒：「這兩天我恨死我自己了，我的本性根本就是個大壞蛋！」

項宗羽從工寮出來後就一副病懨懨的樣子，此刻才稍稍顯露出一些精神：「文人使壞，本就很難看得出來，應該要用我這種惡性外露的人，才比較適合做實驗。」

羅達禮嚥了口唾沫：「發瘋的人還眞不少。」

項宗羽把隨身的湛盧、魚腸兩劍解下，交給黎翠：「請妳轉交梅姑娘，她知道該怎麼珍惜它們。」

本性替換法的實驗：第二回合

羅達禮帶著項宗羽、顧寒袖來到工寮，掀開虛掩大洞的木板，三人不必縮小就順利的進入地下通道。

趙恆與朱老實、柳伯甫都在檔案室內，吃著菌人送來的食物，一邊叫苦連天。「怎麼都是些塞牙縫的東西？」

菌人也都叫苦連天。「一個人一餐就要吃掉我們一千兩百三十三個人一天的食物，養豬也不會這麼累。」

孔大丘看見羅達禮帶進來的人：「這兩個的排名高嗎？」

「他倆都出於自願，是排名第一和第六的惡人。」

趙恆轉頭看見顧寒袖，極其欣慰的笑道：「顧惡卿也來了。」

孔大丘看完檔案，問著：「這個姓顧的現在是你面前的大紅人？」

趙恆誠懇點頭：「他是個大混蛋！」

顧寒袖不免一愕。

陶大器在旁爆笑：「顧府尹別當眞，這皇帝現在滿口假話。」

孔大丘又問：「他的學問好不好？」

趙恆呸道：「狗屁不通。」

孔大丘十分滿意：「好，眞正有學問的來了。」

羅達禮便向顧寒袖道：「顧狀元的才學比我強得多，想要請教一下，善惡的標準如何才能訂得萬無一失？」

孔大丘找補著：「是否要熟讀各教的經文？」

顧寒袖搖頭道：「任何一教的教義、經文都有漏洞，後世的學者信徒爲了補漏洞，編出各種理由來補洞，卻又產生了其他的漏洞，再後世的學者又忙著補那些洞，所以幾代之後，流傳下來的經文釋義就像乞丐穿的衣服，上面都是補釘。」

趙恆擊掌大讚：「眞是胡說八道！」

羅達禮再問：「借用各國的律法可行嗎？」

「現今的國法太過粗略。」顧寒袖道。「我認爲將來的律法必須訂得細如牛毛，就是因爲狀況不一、程度有別。」

趙恆又拍手：「我砍了你的腦袋！」

顧寒袖續道：「舉例而言，佛經中並無禁止吃葷的戒律。中原的佛教徒不准吃葷，只是南北朝時梁武帝蕭衍的行政命令，其他地方的佛教徒照吃不誤。我的意思是，連最基本的飲食規範都很難界定，遑論其他？」

趙恆頓足大嚷：「你死定了！」

羅達禮傷腦筋：「那要怎麼辦？」

「如果拋掉經文、戒規、律法，探索最基本的善與惡，其實只是一個很籠統的概念，無法條列明細，到頭來只有回歸各人本心而已。」

「講了半天，還是不能解決。」孔大丘不耐，狠狠的一把抓起大鐵鉤。「先把『大慈善家』柳伯甫的本性灌入『天下第一惡人』項宗羽的頭內再說。」

三隻醉貓

夜深了，大相國寺旁邊的夜市依然人潮洶湧，但轉入一條冷冷清清的小巷，只有一個賣滷味的小攤子，老闆頂著顆酒糟鼻，招呼今晚唯二的客人。

莫奈何已有點酒意，打著嗝兒說：「芝麻李，你可比某些人類好多了，你在惡人榜上的排名應該在兩百名之外。」

丐幫幫主芝麻李回噴滿口酒氣：「小莫，我被你們整得好慘，但我現在也不怪你們了，人類有同情心、同理心，這是妖怪絕對沒有的。」

「你也懂得同理心？」櫻桃妖在葫蘆裡睡醒了，發話道：「我問你，那是什麼意思？」

芝麻李乾咳半天，答不出來。

一縷紅煙從葫蘆口鑽出，櫻桃妖化成妖嬈少婦，擠在莫奈何身邊坐下，給自己倒了杯紅糟酒：「同理心就是，看見你們喝酒，我也想喝。」

芝麻李望著杯中豔豔紅的酒水，怪笑道：「洪櫻桃，妳還記不記得，那次在大遼，我差點把妳搾成櫻桃汁喝了。」

櫻桃妖哼道：「稀罕！去年底，我跟小莫去崑崙山，西王母還想把我種成一棵櫻桃樹呢。」

「想起那段歲月，眞好玩。」莫奈何哈哈大笑。「可有點奇怪，只不過是去年的事兒，回想起來卻覺得好遙遠……」

芝麻李嘆道：「小莫，那是因爲你長大了。」

櫻桃妖一聽，頓即泫然欲泣：「小莫要是長不大有多好啊，現在這個故作成熟的樣子，愈看愈討厭！」

莫奈何陪笑：「在妳面前，我就裝小一點，好唄。」

芝麻李不免幸災樂禍：「可惜，好日子所剩不多，你們活不了多久了。」

莫奈何一想起這件事兒就頭大：「你……覺得女媧眞的會毀滅人類？」

「你知不知道，比妖怪更可惡的是什麼？」芝麻李冷笑。「就是神！他們自命清高，予取予求，人類在他們眼裡只是個屁。」

櫻桃妖補充：「連屁都不如。」

「他們哪會管你們的死活。當初女媧造人究竟懷著什麼心思，恐怕連她自己都不知道。」芝麻李說。

「就跟頑童揉泥巴差不多。」櫻桃妖說。

「她高興造就造，高興毀就毀，你們要跟誰去訴苦？」

莫奈何澀聲道：「如果人都死光了，怎麼辦？」

芝麻李一聳肩：「倒也沒差，其他的生物會好過一些。」

櫻桃妖道：「七千年前的人類挺好的，混混沌沌、呆呆憨憨，吃飽了、穿暖了就滿足了，跟小孩子一樣。後來慾望多了、心機深了、腦筋複雜了、耍出來的花招愈來愈恐怖，美其名曰文明、進步，其實是愈來愈腐爛！你看我，七千年來始終如一，墮落過嗎？沒有；敗壞過嗎？沒有；殘暴過嗎？沒有；自私過嗎？沒有……」

「就是到處搗蛋。」芝麻李怪笑。

櫻桃妖猛地一拍莫奈何肩膀：「你放心，我會想辦法保護你，全世界的人都死光了，最好！就剩咱們兩個，人妖俠侶，笑傲江湖，坐看雲起時，臥觀星升處，多麼的浪漫愜意。」

櫻桃妖心頭一片美麗的憧憬，酒便一杯一杯的喝。

「這妖怪還真不是普通一般的唯美。」芝麻李諷笑。「小莫，你這輩子最遺憾的是什麼？」

莫奈何脫口便道：「我還沒跟梅姑娘表白心事……」

櫻桃妖氣得把酒杯一摔：「又是那小賤人！就只記得那小賤人！」

莫奈何不理她，續道：「呃，不對，其實我表白過了，在敦煌，可那是在一個漆黑的小洞裡，我看不見她，她也看不見我，這樣算嗎？」

芝麻李道：「當然不算。」

櫻桃妖怒道：「怎麼不算？那小賤人毫無反應，可見她心裡根本沒有你，你就應該把她忘得光光的。」

莫奈何煩惱著：「她被顧寒袖使了個壞，搞丟了軍器監的工作，聽說她心灰意冷，準備回老家去了。」

芝麻李鼓勵著：「我覺得，你現在就應該去找她說明白。」

莫奈何猛搔頭：「我……不敢。」

「那你敢不敢跟我說個明白？」櫻桃妖喝醉了，刷了他一耳光。「你就是不知道我的心。」

芝麻李冷哼道：「妳安著什麼好心，不過是想取他的元陽罷了。」

櫻桃妖整個身體都靠在莫奈何的肩膀上：「剛開始的時候確實如此，但是現在……呃……」

芝麻李噴笑：「妳愛上他了？」

「我愛……」櫻桃妖還沒說完，莫奈何就截下話頭：「我怎能被這個七千多歲的老妖精愛上？我還不夠倒楣嗎？」

櫻桃妖大怒改口：「我怎麼可能會愛上他？他最好跟全人類一起去死！」

芝麻李促狹：「那人妖俠侶怎麼辦？」

「你就跟他配成對吧。」櫻桃妖乾掉了杯中酒，大步走離。

莫奈何大著舌頭嚷嚷：「妳要……去哪裡？」

「我要去流浪！」

「那……那就……別回來。」

芝麻李等她走遠了，才道：「唉，小莫，我看你的心裡不只一個人哦。」

潛入敵營

櫻桃妖出了開封城，頭頂月暗星稀，四下杳無人跡，她只覺無盡的空虛湧上心頭，便走入一片樹林，乏力的坐在樹下。

想起這些日子與莫奈何的種種，既恨又甜，蹬著雙腳哭了出來。「那傢伙可惡到了極頂，乾脆找個機會掐死他算了！」

哭了半天又想：「若說他不喜歡我，可也說不過去，他多次為了我拚命，我被『魍魎』關在尿壺裡，他哭得多兇；西王母要把我種成一棵櫻桃樹，他也哭成了一個淚人兒；芝麻李要把我搾成汁，他四處奔波討救兵，可見他對我還是情深義重。」轉念又忖：「是不是我對他不夠體貼、不夠溫柔？是不是他責怪我想取他的元陽？但……我若不取他的元陽，我還跟著他幹什麼？」

顛顛倒倒的想個不休，忽聽樹林深處傳來一陣細細碎碎的聲音：「俞公子，那工寮就在前面。」

櫻桃妖一驚暗忖：「什麼俞公子？難道又是那俞皦至？」將身化為六寸的眞身，竄到樹上的枝葉之間躲好。

過沒多久，果然看見一大群身高九寸的靖人簇擁著俞皦至走過來，一邊嗜呼著：「我們親眼看見那幾個人類從那邊進去了。那個大洞可以供正常人出入，所以俞公子一定進得去。」

那日櫻桃妖也進入過羅達禮藏身的工寮，知道那兒有一個可以進入地下通道的大洞。

「他們親眼看見的人類應該就是羅達禮與項大俠他們了。爲什麼大家都對菌人的地下總部這麼感興趣？」

她雖然畏懼「地下的東西」，但禁不住好奇心起，悄悄跳下大樹，跟在他們後面。

她的眞身有六寸，想要變成九寸並不困難，稍微把腰拱了拱，就成了一般高。

走在最後頭的兩個靖人回頭一看：「咦，妳是誰啊？怎麼從沒見過妳？妳叫什麼名字？」

「我也沒見過你們啊。」櫻桃妖大剌剌的反問。「你們叫什麼名字？」

一個道：「我叫劉暴力。」

另一個道：「我叫許暴食。」

櫻桃妖暗笑：「都是『暴』字輩的。」嘴上回答：「我叫應暴躁。」

「應暴躁？沒聽過。」劉暴力狠狠逼問：「妳是不是奸細？」

櫻桃妖一拳就打上了他的鼻子，讓他滿臉是血的倒地不起，再意猶未盡的補上三腳，踢得他捲成了一隻蝦米。

許暴食笑道：「妳果然是我們靖人國的。」

劉暴力也躺在地下哼哼：「這才是靖人的標準打法。」

櫻桃妖道：「少廢話，前面的都走不見了。」

工寮內，俞啖至掀開虛掩的木板，當先走入大洞，靖人們都手持長矛、巨斧尾隨其後。

櫻桃妖綴在最後頭，跟著眾人一起進入地下通道。

愛哭鬼

項宗羽的雙眼一直瞅著顧寒袖。

檔案室裡的孔大丘、羅達禮、趙恆、柳伯甫、朱老實都在等待他的反應。

顧寒袖被他瞪得心頭發毛，囁嚅道：「項兄，我知道你看不起我，我用陰謀詭計害得梅妹失去了她最喜愛的工作，沒辦法繼續她的志業……」

項宗羽突然流下淚來：「梅姑娘現在一定很傷心，原本最信任的表哥居然會如此迫害她，當初拚了命救你，不料換得這種不堪的下場，嗚嗚嗚……」

顧寒袖滿面羞愧：「我不是人，我該死！」

項宗羽哭得更兇：「你也應該很傷心，你對她一片癡心，她卻不領情，她說不定不愛你，愛的是小莫，你眞可憐，嗚嗚嗚……」

趙恆等人都一楞：「這個人是怎麼啦？」

孔大丘早已看過項宗羽的檔案，厲聲問道：「項宗羽，你現在還會痛恨毀滅了你項氏宗族的中原五兇嗎？」

項宗羽哭道：「中原五兇？他們入侵我老家搶東西，一定是因爲他們太餓了，好可憐，嗚嗚嗚……」

柳伯甫在旁也痛哭出聲：「我小時候看見乞丐經過家門，想到他們三餐不繼，我就一直哭、一直哭……」

朱老實笑道：「原來是個愛哭鬼。」

顧寒袖嘀咕著：「項大哥變成了這樣，究竟是好是壞？」

孔大丘則神情振奮的提筆記錄，一邊大喊：「本次實驗大大成功！」

傾慕一個女人的好處

不提檔案室內哭成一團，外面已面臨驚天動地的大浩劫。

陶大器正與同伴們討論還有誰可以綁架，手持長大武器的靖人攻了進來。

靖人的身高是菌人的四倍半，力氣大了四倍半，武器也強了四倍半，菌人們猝不及防，尖叫著四下奔逃。

陶大器大叫：「眾蜮，快上！」

幾萬隻小狐狸衝上前去，狂噴黑沙。

打前鋒的靖人被沙子噴中，毒倒了一大片，但靖人悍不畏死，前仆後繼的攻上來。

小狐狸噴過一次沙子之後，必須休息一段時間，靖人們趁著這空檔，突破小狐狸的防線，攻入廣場。

菌人們紛紛取出武器，但他們的武器又小又短，根本構不成威脅，轉眼就傷亡上千。

范暴死得意大吼：「殺光他們！」

俞啖至立馬否決：「先別亂殺，留下他們還有用。」

范暴死十分不滿，然而他忌憚俞啖至的法力，只得暫且隱忍不語。

櫻桃妖綴在最後面，看著小人殺小人，只覺得滿好玩，嘴裡也跟著大家喳呼：「殺殺殺！」

忽見前方陶大器、成大腕被幾個靖人打倒在地，舉起長矛就要刺入兩人胸膛。

櫻桃妖還記得那日在羅達禮房中，陶大器看見自己的時候臉上流露出來的愛慕驚豔之情，他還大聲嚷嚷：「天哪，這正是我夢寐以求的伴侶！」

哪個女人不會爲了這一幕而芳心竊喜？

「這個小人兒可比那個死小莫好多了，非救他不可。」

櫻桃妖縱跳上前，幾拳就把那些靖人的腦袋打得爆漿。「你們快逃。」

陶大器認出了櫻桃妖，既驚又喜：「多謝姑娘救命之恩。」

櫻桃妖皺眉道：「菌人國的人馬就只有這些？」

「我們共有三千多萬，分散在各個地區，現在當然來不及前來救援。」成大腕見靖人已占據了各處要道，急得跳腳：「我們能逃到哪裡去？」

「跟我來。」陶大器一馬當先，帶領櫻桃妖、成大腕奔入一條狹窄通道，正是前往藏有寶物的倉庫之路。

陶大器沿路按下機關，邊說：「這條路上設有各種伏擊，不知情的人一闖進來就不得好死。」

打開倉庫門，三人躲了進去。

又換國主

廣場上，菌人已統統都被靖人控制住了。

范暴死背負雙手巡視十幾萬名俘虜：「這些食物夠我們吃上大半年了。」俞啖至站到他面前，把他遮得讓大家看不見，邊道：「我們的正事還沒開始做。現在兵分兩路，一路猛攻檔案室，因為大宋皇帝就在裡面；另一路驅使俘虜用鎮鑽往上挖，因為上面就是大宋皇城。」

范暴死早已不爽俞啖至事事蓋過自己，厲聲反對：「我們的目標就只是菌人國而已。今天就算我們殺了大宋皇帝、攻下大宋皇宮，又能如何？我們怎麼統治得了那些正常人類？」

俞燄至冷笑：「你統治不了，我行。」

范暴死再也忍耐不住：「你是什麼東西，一來就發號施令。我才是國主，大家都得聽我的。把他圍住，砍了！」

靖人們猶豫的舉起長矛，只沒半個人敢上前。

俞燄至一挺胸膛：「誰敢殺我？」

「我敢！」宰相謝暴斃從范暴死背後轉出，起手一斧就把范暴死的頭顱砍掉了。

俞燄至笑道：「這是你們的第四十八任國主，也是我的兒皇帝，膽敢違抗者，即刻剁成肉醬。」

靖人們都高喊：「謝國主萬歲！」

謝暴斃發下第一道命令：「俞公子叫大家做什麼，大家就做什麼。」

需要惡人的時候

檔案室由鋼鐵鑄成，幾萬名靖人在外敲敲打打，一時半刻雖攻不破，但那聲音可讓躲在室內的趙恆、顧寒袖、柳伯甫等人膽戰心驚。

而項宗羽只顧著哭，什麼也不管。

羅達禮大罵孔大丘：「你要把他變成善人，好啦，現在可怎麼辦？」
顧寒袖頹然一嘆：「有時候，世界上都是善人也不行，惡人還是有點用的。」
趙恆擊掌大讚：「你眞膚淺！」

還有一個總部

謝暴斃親自督促菌人把頓鑽倒過來使用，向上開挖。
毛大腿求饒道：「四千多年前，我們就在這裡挖了許多條通道，出入自如，但是五十年前大宋建立，趙匡胤請了一個墨家的工匠重新修築皇城，將地基打造得比鐵桶還硬，上面還裝設了許多機關，從那以後我們就再也無法越雷池一步。」
白大尾也道：「這裡是我們唯一打不穿的地方。」
謝暴斃狠命抽了他倆一鞭：「廢話那麼多，快挖。」
俞啖至似乎並不關心這邊的進度，悄悄把劉暴力叫過來：「你帶著一群俘虜與二十具頓鑽跟我來。」
一群人走到一個僻靜角落，俞啖至用腳探了探：「從這裡往下挖。」
「還要往下挖？」劉暴力怪問：「難道下面有什麼寶藏？」
俞啖至笑道：「大宋的首都在上面，菌人的總部在下面，但大家都不知道，還有一個總部也在這裡。」

劉暴力一愣：「還有什麼總部？」

「地獄的總部！」

這個國家的歷史

在中原的遠古時代，本是由最強的魂魄「泰山王」統領地府，這時的陰間就跟陽間差不多，人死了，便在黃泉弄個一畝三分地，種菜種花種大樹，悠哉度日。後來又出現了幾個很強的魂魄，泰山王就讓大家分治，倒也相安無事。

直至六百多年前，從天竺來了個閻摩大王，與原先的黃泉地府中的各個大王結成同盟，一起主宰中原人類死後靈魂的命運，並逐漸發展出十殿閻王。

哪十殿？第一殿秦廣王；第二殿楚江王；第三殿宋帝王；第四殿五官王；第五殿由閻摩大王出任，改名爲閻羅王；第六殿卞城王；第七殿泰山王；第八殿都市王；第九殿平等王；第十殿轉輪王。

他們的手下還有文武判官、黑白無常、牛頭馬面、日夜遊神、勾魂使者等等鬼將，率領著各種鬼兵鬼卒，陣容好不盛大壯觀。

唯有一樁，這十殿閻王至今還沒有一座像樣的宮殿，都住在洞窟裡，因爲他們爲了要建造何種樣式的建築，爭論了好幾百年，還沒得著結果。

依秦廣王的意見，他想將森羅殿建造得跟中原皇宮一般，閻羅王當然全力反對。都市王則想返璞歸眞，把居處與審判所都築成農莊的形式：「對大家的健康都有益處。」

其他九人一起撻伐：「我們還會有健康的問題嗎？」

跟閻王合作的條件

這日，十個鬼王又在爭執不休，驟然石窟頂上灑下一大堆粉屑，弄得他們灰頭土臉，並傳下刺耳的鑽磨之聲。

楚江王皺眉道：「樓上的鄰居一向很安靜，爲什麼現在吵成這樣？」

平等王道：「莫非夫妻不和？」

閻羅王哼道：「閻王不管家務事，等他們殺妻弒夫了以後再說。」

忽聽一人道：「萬一將來都沒有人可以死了，你們要怎麼辦？」

十殿閻王一轉頭，就見俞骸至笑嘻嘻的走了過來。

轉輪王道：「這廝只有半個頭是好的，究竟是人是鬼？」

第四殿的五官王最不愛廢話，站起身子，抽出「噴花筆」，一筆就點了過來。

俞骸至見這筆柔軟細嫩，彷彿一碰就折，心知愈是看似柔弱愈歹毒，哪敢大意，反手拔出赭鞭、藥鋤，一奇一正，藥鋤封住筆端，赭鞭逕掃五官王頸項。

五官王把筆一振，筆尖霍然噴發出幾百道細芒，瞬即綻放出幾百朵大花，反罩俞啖至頭頂。

幸虧俞啖至早有警戒，幾個後空翻，避了開去。

泰山王有些意外的沉聲道：「你是神農氏的後裔？」

他本為中原地府之首，自然對中原的歷史知之甚詳。

俞啖至躬身一揖：「向未拜見各位大王，是在下失禮了。」

平等王道：「你來此何為？」

俞啖至笑道：「我本是要消滅菌人，順便下來參觀一下。」

「消滅菌人？」十殿閻王面面相覷。「那些鄰居滿好的，為什麼要消滅他們？」

「你們可知菌人是女媧大神的手下？」

「當然知曉。」卞城王打了個哆嗦。「我們招惹不起崑崙山眾神，尤其女媧，聽說她面似慈祥，實則心狠，咱們還是躲得愈遠愈好。」

「那，你們知不知道女媧想要消滅中原所有的人類？」

閻王們大喜。「那好啊，我們的生意可就興隆啦！」

「唉，眞是鼠目寸光。」俞啖至面露嘲諷。「你們想想，中原有三千多萬人，如果一下子全都死光了，以你們現在的規模，容納得下嗎？」

閻王們回望已經建好的十八個洞窟，確實小得可憐，怎麼裝得下潮水般湧至的三千多萬條靈魂？

俞錟至續道：「再者，若眞如此，你們現在雖然生意興隆，但以後可就連半個顧客都沒了，你們的將來怎麼辦？還有存在的價值嗎？」

平等王頗爲憂心：「以後果眞就沒有人類了？」

俞錟至慢悠悠的說：「女媧還會再造一批人……」

眾閻王鬆了口氣：「那不結了？我們照樣有生意。」

「但是再造出來的人，不會下地獄。」

眾閻王又一楞。「爲什麼？」

「因爲女媧再造出來的人類，其中不會有壞人。沒有壞人，當然就不會有人下地獄。」

十殿閻王一起咋唬：「這個世界上怎麼能夠沒有壞人？」

俞錟至一聳肩：「按照女媧的想法，就是不要有壞人。所以你們沒戲唱了。」

閻王們又互瞅半晌，宋帝王才懷疑的說：「這只是你的一面之辭，我們無法盡信。」

「欸，你們的主要問題就是懼怕女媧。」俞錟至嘲笑：「我此番前來，本想跟你們談談合作的條件，現在看來，不談也罷。」言畢，轉身欲行。

泰山王忙道：「你先說，咱們怎生合作？」

「我幫你們對付女媧……」

「你有這能耐？」

「總有辦法可想。」俞餤至透明腦殼裡的腦漿又在翻滾。「但你們要幫我一個忙——我是半人半妖，仍有註定的陽壽，所以你們要在生死簿上註銷我的死籍，我從此就不會死。」

「這倒容易。」轉輪王道。「可是，你若被人殺了，需要經過三天才能恢復原狀。」

「如此甚好。」俞餤至一禮。「咱們分頭辦事吧。」

倒楣的實驗品

檔案室裡的狀況仍未改善，項宗羽仍哭個不停。

顧寒袖急道：「他現在變成這樣，如何禦敵？」

趙恆苦臉道：「我們贏定了。」

「現在唯一的辦法就是讓他回歸本性。」孔大丘提著大鐵鉤想要爬上項宗羽頭頂。

項宗羽邊哭邊攔：「你想幹什麼？」

孔大丘道：「我要把你變回天下第一殺手。」

項宗羽大哭：「我不要！」

顧寒袖勸道：「項大哥，我們命在旦夕，需要你出手把壞人趕走。」

項宗羽猛搖頭：「我不敢。」

羅達禮心下焦躁：「這要扯到什麼時候才會有個了結？」撐起女媧寶傘，隱去自己身形。「我去討救兵。」

趙恆大為嘉許：「你最好別回來。」

只有這幾個救兵？

羅達禮出了檔案室，靖人都看不見他。

他從工寮中的大洞爬出來，天已微明。

他跑上開封大街，不知要上何處求援，唯一能想得到的便是白翡翠。

黎翠房中還有一位借宿客，就是失去了職位，準備歸鄉的梅如是。

聽完羅達禮的陳述，兩女都傻了。「菌人不是想毀滅人類，我們還要幫助他們嗎？」

羅達禮傷透腦筋：「菌人其實還不壞，都是女媧的主意……唉，也不能怪罪女媧，反正就……我也說不清楚。總之，靖人兇殘得很，他們若攻入檔案室，躲在裡面的項大俠、皇上、顧府尹、柳伯甫、朱老實就死定了。」

正說間，莫奈何來了。他本是想來勸說梅如是留在京城，他有辦法讓她得回軍器監的工作，卻聽說地下的情形發生了巨大變化，當即做出決定：「不管如何，先打走靖人再說。」

羅達禮煩惱著：「靖人的長矛、大斧將近八寸，砍在我們身上也不是作耍的。光靠我們幾個衝進去，能打敗他們嗎？」

莫奈何怪道：「十幾萬個菌人打不過幾萬靖人，菌人怎麼那麼不中用？」

「菌人原本的任務就不是打仗，所以他們的武器又短又小、又不鋒利尖銳，當然不是靖人的對手。」

梅如是沉吟了一會兒，從行囊中取出項宗羽留給她的魚腸劍：「小莫哥，事不宜遲，帶我去軍器監。」

魚腸劍的最終歸宿

莫奈何已跟軍器監的王都監打過招呼，他見到梅如是回來，諂笑恭迎，恍若見到了頂頭上司。

梅如是一進作坊就吩咐莫奈何、羅達禮升火洪爐，火候一到，便將魚腸劍放入坩堝之中。

莫奈何一驚：「妳要將這寶劍熔掉？」

「時間急迫，只能用現成的改造了。」

當年鑄劍大師歐冶子鑄出了五柄寶劍，湛盧爲劍中至尊，另有二大二小——純鈞、勝邪、巨闕、魚腸。

魚腸劍爲吳國的公子姬光所得，授予刺客專諸，他將此劍藏在魚肚子裡刺殺了吳王僚。公子光篡位成功，是爲吳王闔閭，登基後便將此劍封存，永不再用，後來落入項宗羽的師父「逍遙子」手中。

黎翠恍然：「此劍既名爲魚腸，可見其極細極薄，把它分成許多小劍，正好適合菌人使用。」

梅如是運鎚如風，不消片刻，將一柄魚腸劍化作了兩百多柄鋒利無匹的小劍。

莫奈何拿了塊白布把小劍包好：「走！」

梅如是提起自己的「驚駕寶劍」，也往外走。

「梅姑娘，你就別去了。」莫奈何阻止。

梅如是瞪他一眼：「救人如救火，我能不去嗎？」

殺手本性

孔大丘終於爬上項宗羽的頭頂，用大鐵鉤把柳伯甫的本性挖了出來。

項宗羽又露出呆滯的神情。

趙恆跌足：「糟了糟了，他要開始殺人了！」

菌人的反攻

羅達禮帶著黎翠、梅如是、莫奈何進入工寮裡的大洞。

負責把守出入要道的幾百名靖人由湯暴飲、許暴食率領，都把長矛一橫。「什麼人？再近一步，格殺毋論。」

「小傢伙，胡吹大氣。」莫奈何拔出隨身攜帶的寶刀「大夏龍雀」，使出道士驅魔的刀法亂揮一氣，嘴裡還嘟囔著自創的咒語。

但靖人只有九寸，他這完全沒經過訓練的瞎掰刀法只能從靖人的頭上揮過去，砍不著半個人，反被靖人的長矛在小腿上刺了十幾下，鮮血直流。「嗚哇哇，小人難纏！」

「小莫道長退開。」黎翠雙手齊抖，八支金針射出，刺穿了八個靖人。

這些金針都有細線連接至黎翠的手指，她手指一挑，那八個靖人便飛了起來，他們的身體竟被當成了流星鎚的鎚頭，掃向周遭其他的靖人，登即七零八落。

羅達禮把女媧寶傘倒下來，傘緣貼近地面，這可形成了一個保護傘，靖人的長矛、大斧全都砍刺不透，用力一輪轉，還能把附近的靖人掃出老遠。

莫奈何笑道：「這東西好用。」

一行人就在寶傘的保護下，挺進到廣場中央。

新任國主謝暴斃仍督促菌人俘虜猛鑽檔案室的牆腳，另一批人則企圖鑿穿皇城的地底。

羅達禮叫道：「鄧大眼、毛大腿、金大吊、管大用……你們快過來。」

就像母雞張開翅膀護住小雞，毛大腿等人都跑來躲在傘後，梅如是打開小包，把小劍分給他們。

毛大腿傻笑：「姑娘好美！」

彭大奶喝斥：「快去殺敵！」

兩百多名得了小劍的菌人組成陣勢，展開反攻。

魚腸劍改造的小劍銳利無匹，靖人的長矛、大斧一碰就折，再加上羅達禮的傘、黎翠的針、梅如是與莫奈何的寶劍寶刀，很快的就殺到檔案室前。

莫奈何高叫：「項大哥，你還好吧？」

項宗羽被人敲了一下似的醒過來：「剛才是怎麼啦？」

顧寒袖支吾：「你……唉，不說也罷。」

孔大丘板著臉：「我問你，中原五兇可不可憐？」

項宗羽冷哼：「萬惡賊寇，何可憐之有？」

孔大丘道：「好了，你可以殺出去了。」

從裡面打開室門，項宗羽大步走出，梅如是立刻遞上湛盧劍。

項宗羽笑道：「對付這種小東西，用兵器反而綁手綁腳。」

余暴兇、李暴亡領著一千名靖人衝來，項宗羽展開盤地連環腿，一連幾十腿掃過去，把小人全都掃上了半空中。

靖人們發一聲喊：「點子扎手！」紛紛向後潰散。

九寸的靖人跟兩寸的菌人打成一團，還有幾個正常尺寸的人類夾雜其中，既壯觀又荒誕。

挑剔的櫻桃妖

卻說櫻桃妖跟陶大器、成大腕躲在倉庫裡。

陶大器一直盯著櫻桃妖不放。

櫻桃妖受不了了，惡聲道：「你的眼睛雖然小，我還是有辦法把它們挖出來。」

陶大器哀懇：「你們妖怪不就是想要元陽嗎？我也有啊。」

櫻桃妖呸了一大口：「你的元陽管啥用？讓我的修行倒退一千年。」

此時聽得外面傳來打鬥嘈雜之聲。

「莫非救兵來了？」陶大器打開倉庫門，櫻桃妖趕緊衝了出去。「還是外面安全一些。」

櫻桃妖化身爲粗壯大娘，拳如鍋、腿如象，一路打入靖人陣中。

靖人們再也禁受不住，謝暴斃帶頭逃跑，眨眼溜得精光。

菌人高聲歡呼：「這是菌人國一萬年來的第一次戰役，大獲全勝！」

櫻桃妖喝道：「沒有我，你們贏得了嗎？一定要把我這先鋒大將的名字記載進你們的國史。」

莫奈何看見一整天不知下落的櫻桃妖居然也在這裡，懸在心頭的大石總算落地：「唉，櫻桃，我找得妳好苦，下回別再如此。」

櫻桃妖心中喜悅，嘴巴卻一噘：「誰稀罕你呀，愛我的人可多了！」

等待命運

羅達禮進了檔案室，孔大丘正在提筆做紀錄。

「你要怎麼寫？」羅達禮憂心忡忡。

孔大丘道：「本性替換法實驗成功，只剩下善惡標準的問題還需研究。」

羅達禮暗想：「就這問題最大，怎麼解決？」

孔大丘寫完報告，鄭重的鎖入檔案櫃：「現在就靜候女媧大神的裁奪了。」

「人類的命運在此一舉。」羅達禮默默祝禱。「希望能有好下場。」

元兇授首

莫奈何把趙恆、顧寒袖等人從檔案室接了出來。「官家可以回宮了，大家也都可以回家了。」

「我不要回家。」趙恆笑著拔腿就往外走。

驟見人影一閃，一柄藥鋤朝他頭上砸下。

項宗羽眼明手快，湛盧劍瞬間出手，擋下了致命一擊。

「那個第五公子又來了。」羅達禮大叫。「就是他慫恿靖人攻打菌人。」

剛從地獄回來的俞燄至沒想到靖人已經敗退，怒極之下，狂攻趙恆，最起碼能夠達成一個目標。

項宗羽仗著寶劍鋒利，尚能跟他抗衡一時，但若拖得久了，萬萬不是他對手。

莫奈何笑道：「換作從前，咱們只有束手待斃，但現在可不一樣了。」

掏出懷中的蓋天印祭在空中，羅達禮也祭起女媧的五色石，兩道炫麗的光芒照亮了陰森的地下廣場。

「落！」莫、羅兩人同聲大喝。

兩大法寶從空中摟頭蓋臉的砸將下來。

俞啖至被項宗羽逼住，來不及撤招後退，先被蓋天印打中右肩，鎖骨立斷；五色石又從左邊砸中他如同焦炭般的左半個腦袋，登時跌倒在地。

項宗羽搶上一步，一劍刺入他胸膛，俞啖至抽搐了兩下，便即氣絕。

莫奈何激昂的高聲道：「項大哥，中原五兇是他的手下，他才是屠滅你故鄉的元兇，你今日總算報了血海深仇！」

項宗羽並無絲毫興奮之情，冷板著臉，不發一語，大步走了開去。

一直跟隨著俞啖至的劉暴力正想偷溜，被櫻桃妖拎住脖子，一把提起：「小子，還有很多人要取你的口供呢。」

終於可以不撒謊了

一行人出了工寮，各自返家。

趙恆由莫奈何陪伴著回到宮中，劉娥率領全體嬪妃迎接。「官家受驚了。」

「不驚不驚，滿好玩的。」趙恆猛擦滿頭大汗，待得大家散去，才緊抓住劉娥的手道：「醜八怪，妳想我嗎？」

劉娥笑道：「小莫國師已經提醒我，把你的話反過來聽就對了。」

趙恆捏了捏她的腮幫子：「醜八怪眞笨。」

已經懷有身孕的宮女李淑忱由幾名老婢女攙扶著走出。

劉娥關切的詢問她今日的飲食狀況與生活上的種種細節。

趙恆當然也想表示一下關心，正要開口，劉娥就變臉大吼：「你若敢說一句烏鴉話，我就把你的嘴撕爛！」

趙恆一震，醒了過來，渾身冷汗：「唉，整天說不出一句眞話，好累！」

莫奈何在旁心想：「看來這本性替換法的效力維持不了多久，那個孔大丘的報告是否會改寫？」

顧寒袖的真心話

同一時間，梅如是大步走往開封城內，顧寒袖低著頭跟在後面唉聲嘆氣。

梅如是根本不理他。眼見已快走到城門，顧寒袖不得不加快步伐追了上來。

「如是……表妹……」

梅如是倏地止步，回身盯著他：「我以為那天晚上我已經把話說得很清楚了。」

「是是是，是很清楚……」顧寒袖囁嚅。「我只是想讓妳知道，我……我眞的很愛妳。」

梅如是冷笑：「這種愛法，我承受不起。」

顧寒袖又低著頭，低聲道：「不過，有個人比我更愛妳……」

這話一出口，倒讓梅如是覺得意外，皺眉道：「你說什麼？」

「我是說，最愛妳的人是小莫道長，他愛妳勝過自己的生命，而我……我沒到這程度。我聽櫻桃妖說，那日在銀莎江，妳被鯰魚妖綁架到水底洞穴，他不顧一切的去救妳，結果……」

梅如是臉上湧起一片羞紅，跺腳道：「你別提這事兒，可不可以？」

她跟莫奈何相遇的第一天，發生了許多令她尷尬萬分的事情，莫奈何從不跟任何人透露半點半滴，她也把它們深埋在心底，不料顧寒袖此刻竟冒然提起。

「你說這些到底有什麼意思？」

顧寒袖慌亂的擰著自己的前襟：「妳妳妳……妳別誤會我，我並不是鼓勵妳嫁給他，妳當然應該嫁給我，但我覺得我應該把實話都說出來，我……我比不上小莫，但是我我我……」

梅如是研究似的逼視他：「表哥，你也被本性替換法替換過了嗎？」

顧寒袖結巴著：「沒有……我希望我被替換，因爲我是個卑劣、自私、齷齪的人，但我又不想被替換，因爲如果那樣，我剛才說出來的話就不是出自我本心。我我我……我眞不知道我在說什麼？」

「我看你的腦袋已經混亂得不成樣子，應該先回去休息一下。」

梅如是快步走離，顧寒袖懊惱的坐倒在地，抱著頭嗚咽起來。

如此佳公子

菌人國的地下總部一片狼藉，菌人的屍體、靖人的屍體、小狐貍的屍體，躺了一大片，血腥之氣瀰漫整個空間，久久不散。

陶大器等人忙著收拾殘局，把他們一個個扛出去掩埋，十幾萬菌人都快累癱了。最讓他們頭痛的就是俞啖至的屍體，這麼大個東西，怎麼搬得動？

「明天再想辦法吧。」

廣場周邊有許多房舍，過不了多久，大家都在裡面睡死了。

一片漆黑之中，俞啖至突然站起身子，困難的邁動步伐，走向出口。

他的頭被打爛了半個，腦子暴露在外面，骨架子也散了，讓他的身軀歪七扭八，每走一步，胸上的傷口就噴出鮮血。

他爬出工寮的大洞，走往樹林深處，隨便找了個土穴鑽進去，就靜靜的躺在那裡。

第一天，蟲兒們爬進來，吃他露在外面的腦子，又在他的七竅之中拉屎、產卵，他連動都不動。

第二天，來了一窩尖牙鼠，刨破他的肚子，扯出他的內臟，飽食了一頓。

第三天，來了一隻專吃腐肉的鬣狗，趕走了尖牙鼠，慢慢啃食他四肢上的肉。

第四天清晨，那鬣狗慘叫一聲，被摔了出來，連頭都沒了，緊接著就見俞𤢪至爬出土穴。

他頭骨破裂，半個腦子露在外面，兀自熱騰騰的滾動著，胸前一道很深的劍瘡，肚子破了個大洞，裡面幾乎沒有什麼內臟，手腳上的肌肉東缺一塊、西少一片，整個身體彎得宛如一柄被拉斷了的弓。

他仍然很滿足的伸了個懶腰，迎著朝陽，展開他的新生。

他祭起神行符，消失在地平線上。

百惡谷主

位於西陲的百惡谷是個極兇之地，牲畜到了谷口就嚇得直撒尿，死也不肯前進一步。傳說從來沒有活人能夠進去，更沒有活人能夠出來。

這兒其實是西王母看管天下細菌病毒的地方，當初黎青、黎翠兩姐妹就是被分派到這兒工作，後來被雁妖花月夜所騙，導致黎青自戕、黎翠受辱。

繼任的百惡谷主名叫薛家糖，他的父母在長安開了一家甜品店，他整天在店內招呼顧客，後來陰錯陽差、誤打誤撞，竟成了西王母的最後一個徒弟，盡得眞傳絕學。之後又被雁妖強行灌入妖性，成了半人半鳥的怪物。

俞啖至來到百惡谷口，只見一個怪物盤踞在山頂上，滿頭灰白相間的亂髮，根根堅硬，恍似鋼刷；臉上刻著幾十條比刀疤還要痙攣扭曲的皺紋，最嚇人的是那雙眼睛，眼白混濁，瞳孔活像兩支寒光灼灼的鉤子。

俞啖至遠遠的就跪下了：「草民俞啖至拜見谷主。」

那怪物猛地發出一聲厲嘯，把腰一拱，背上居然長出了一雙翅膀，嘴也變成了尖尖的鳥喙，露出擇人而噬的兇狠模樣，就待撲落。

俞啖至俯伏在地，完全沒有自保的意思。

一隻紅頭黑眼，羽毛青翠的小鳥飛了過來，繞著他轉了一圈：「你不是那個什麼……

第五公子嗎？怎麼變成這副德性？眞是報應不爽。」

這「青鳥」是西王母手下的三大密探之一，最爲活潑靈巧，因爲薛家糖新任谷主不久，西王母特別派牠來幫忙。

俞啖至萬分慚愧的把臉深埋於地面砂礫之中：「好小鳥，你說得沒錯，我惡有惡報，活該倒楣。」

青鳥咭咭：「你這傢伙確實壞，去年我們被你暗算得差點連命都沒了。」

俞啖至痛哭出聲：「好小鳥，我知道萬死不足以贖罪，今日正是前來領死。」

已變身爲怪鳥的薛家糖振翅飛到他頭上，正要置他於死命，又突地頓住：「咦，你傷成這樣，怎麼還能活？」

俞啖至哭道：「我遇見一位神醫，不但救活了我，也治癒了我的心靈，讓我對於人生有了全新的體悟。我慚愧、我後悔，我想要贖罪，我想要洗心革面，痛改前非。後來我就想到，對人類最有貢獻的事業就是懸壺濟世，所以我想要跟著谷主學習醫術……」

薛家糖怒斥：「你滿口鬼話，當我是三歲小娃兒？」

青鳥也嘰嘰：「當我是三歲小雛鳥？」

俞啖至一臉頹喪：「如果谷主不願意教我，我也無怨言，只想留在谷主身邊，幫谷主生爐火、替谷主打雜……」

薛家糖又怒斥：「誰知道你懷著什麼鬼心思？別在這兒胡言亂語，滾！」

青鳥也嘰嘰：「快滾！」

俞猣至痛哭：「谷主不給我自新的機會，我……我活在世上也沒有任何意義，不如……」反手抽出一柄尖刀，做勢要往胸口刺下。

薛家糖嘿然冷笑：「你就自殺給我看看。」

俞猣至知道自己根本不會死，當然毫不猶豫的把尖刀刺進了胸膛。

就在刀尖距離心臟只剩一分的時候，薛家糖出手了。

他感覺得出俞猣至扎向自己的這一刀確實沒有做假，當然不願坐視他自戕。他金針制穴的手法比黎翠更為精純，一針正中俞猣至右手手腕「偏歷穴」，讓他的手再也無法用力。

俞猣至胸口鮮血直冒，他毫不關心，只顧頓首號啕，額頭在砂礫地上撞出了幾十道血痕：「谷主，你為什麼不讓我死？我活著還能幹什麼？」

薛家糖最近半年雖然經歷過許多兇險之事，但他終究是個心思單純的年輕人，既然認定俞猣至確有一片向善的真心，便很難拒絕他。

青鳥更心有不忍：「谷主，他好可憐哦，先把他的傷醫好再說？」

「唉，好吧，就叫他跟我進去。」

「喂，聽見沒有？谷主讓你去幫他生火呢。」

俞談至暗裡露出詭計得售的奸笑。

薛家糖取下專門嚇唬細菌病毒的人皮面具，露出本來的容貌，竟是個細皮白肉的大後生，說起話來還有點娘娘腔的味道：「人家有說要他幫忙生火嗎？都是你自己亂添的。」

青鳥呱呱：「唉喲，谷主，你現在應該是個讓人恐怖戰慄的大怪物，怎麼滿口『人家』、『人家』的習慣還是改不掉呢？」

薛家糖跺了跺腳：「你別催，人家慢慢改嘛。」

小人審判記

顧寒袖消沉了好幾天，終於可以升堂審案了。

「帶人犯劉暴力。」

官差押上九寸大的小人兒，公堂上的衙役以水火棍的棍尾擊地，威嚇的吼著：「威武！」

莫奈何、羅達禮被顧寒袖請來陪審，此刻都暗暗好笑。「若被棍尾砸中可就扁掉了。」

劉暴力可跩得很，直挺挺的走到案前，傲然直視堂上。

顧寒袖一皺眉，砰地一敲驚堂木：「何方刁民，見了本官，竟敢不下跪？」

劉暴力哈哈大笑：「你少跟我來這套，我告訴你，我們的舊主子若來了，肯定叫你們吃不完兜著走。」

顧寒袖乘機進逼：「本府正要問你這個問題，你們的舊主子是什麼人？是不是你們的幕後主使者？你們入侵菌人國的目的是什麼？你們為何與俞燚至沆瀣一氣？」

劉暴力冷笑不語。

顧寒袖道：「別以爲本府不知。根據〈大荒東經〉上的記載：『有小人國，名靖人。有神，人面獸身，名曰犁䰠之尸』。所以你們的舊主子就是犁䰠之尸，對不對？」

劉暴力不屑一哂：「你根本不懂，犁䰠之尸只是舊主子請來的監督者，十三年前被我們推翻了，綁在絕崖之下。」

顧寒袖連拍驚堂木：「快快從實招來，你們的舊主子究竟是誰？難道也是女媧？」

劉暴力一揚頭：「我們的舊主子是西王母！」

莫奈何聽在耳裡，可涼了一半：「怎麼又牽出了這個最難纏的煞星？」

西王母滿頭蓬鬆亂髮，滿嘴豹齒，還長著一條豹尾巴，主管人間的災癘瘟疫與五刑殘殺，又手掌崑崙眾神的考績大權，隨便一個字就能影響升遷。手下有三隻專司窺伺、告密的鳥兒——大鵹、少鵹與青鳥，任何不利於西王母的企圖都逃不過牠仨的鳥眼。

眾神最畏懼的就是她，連輩分最高的女媧後來都被她壓了過去。

顧寒袖愣然半晌：「菌人是由女媧大神所造，你們靖人則是西王母造的？造出你們的目的何在？」

「跟菌人一樣，要在崑崙眾神不能出世的這一萬年裡幫她監督人類。」

羅達禮不解：「菌人遍布中原，幾乎監視住了每一個人，你們卻躲在東海的小島上，能幹嘛？」

劉暴力很沒面子的說：「我們起先也在中原發展，但我們沒有蜮，無法偵知人類的想法，所以不如菌人……」

顧寒袖猛然大喝：「說實話！」

劉暴力只得說道：「我們……比較愛爭鬥，每每在建檔的時候發生爭執，你殺我、我殺你，導致人口總數一直多不起來，殷商時期我們的國號是『小方』，又被『武丁』率領大軍攻來，只得退到了小島上……」

羅達禮哼道：「你們比菌人差多了。」

劉暴力抗聲：「我們……我們的個頭比較大。」

羅達禮呸道：「但是比較笨，也比較暴力。」

劉暴力愈發反駁：「靖人比你們這些正常人類好多了，我們一萬年間自相殘殺，總共才殺了八百多萬人；你們呢？不過一千多年的時間裡，自己殺自己，最少也殺了一億五千萬！」

羅達禮頓即語塞，暗自慚愧。

顧寒袖忙截斷：「總而言之，西王母管理不了你們，就請了另外一位大神——犁魏之尸來監督你們，又被你們使計囚禁。」

櫻桃妖在葫蘆裡發話道：「你們不但監督不了人類，反而要人家來監督你們，眞是一群廢物。」

莫奈何道：「菌人勝過了靖人，這一定讓西王母很不爽？」

劉暴力哭喪著臉：「舊主子確實爲此很不高興。」

顧寒袖道：「西王母根本放棄了你們，你們才稱她爲舊主子，現在你居然還想拿她來嚇唬我，未免太可笑了。」

劉暴力被這一串話逼得雙手空揮，啞口無言。

顧寒袖又一拍驚堂木：「將人犯還押大牢。」

刑名師爺悄聲道：「府尊，牢頭說牢房的鐵柵間隔太寬，關不住他，腳鐐、枷鎖又都不能用，所以……」

顧寒袖皺眉：「這幾天是怎麼處理的？」

「就用牛皮糖把他黏在牆壁上。」

顧寒袖一笑：「那就繼續黏著吧。」

快步下堂，一手拉著莫奈何，一手拉著羅達禮：「我們快去找黎翠姑娘。」

黎翠的父親

黎翠認爲靖人之事已了，正在客棧收拾行李，想要繼續尋父之旅。

顧寒袖等人來了，劈頭就問：「黎姑娘，妳對於令尊的記憶到底有多少？」

「聽我姐說，我爹本來經常在家，我依稀也有這樣的印象。但是自從我娘病死之後，他就把我們姐妹託付給了西王母……」

「那時妳幾歲？」

「才只六歲。」

「所以這是十三年前的事情。」莫奈何略一思忖。「正是靖人囚禁犂魗之尸的時候。」

黎翠一驚：「什麼犂魗之尸？」

「一萬年前，西王母請他去監督靖人，後來遭到靖人的暗算。」顧寒袖續道：「魗字拆開是靁鬼二字，這犂魗之尸莫非就是令尊黎林桂或黎靈桂？」

黎翠呆住了：「我爹是個神？」

羅達禮搔著頭，暗想：「黎姑娘若是神的女兒，那我還有什麼希望？」

小鳥中計

百惡谷的總部只是一棟簡陋的小木屋。

俞惔至胸上的傷口雖深，但沒傷到要害，他依照承諾，把小木屋內外打掃得乾乾淨淨。夜裡得閒，便拿了把小梳子幫青鳥梳毛，弄得小傢伙喉嚨裡咕咕咕的直響，舒爽到家。

青鳥畢竟是隻鳥，腦子不大，也不怕他那醜怪的模樣，沒兩天就把他當成最好的人類之一。

薛家糖對他並非沒有防範，因有花月夜欺騙黎氏姐妹的前車之鑒，鎮谷之寶「淨世玉瓶」一直收藏在最隱祕的地方，除此之外，百惡谷中並無令人覬覦的物事，薛家糖的戒心自然少了些。

俞惔至並不巴結薛家糖，只特別巴結青鳥，一有空就跟牠膩在一起。

第四天晚上，大家準備就寢，青鳥依偎到他頭邊：「我看人類哄小孩入睡都會說故事，你也說個故事給我聽。」

俞惔至失笑：「你是小孩嗎？你應該有幾百萬歲了吧？」

青鳥嘟著嘴：「小鳥永遠都是小孩。」

「好好好。」俞惔至把眼光投向屋頂，用著夢幻似的語氣說著：「從前，在東海上有個很美麗的小島，上面住著一群很好的小人，叫作靖人……」

「什麼？」青鳥皺眉。「師傅說，那些靖人都是她造的，當初沒有造好，本質壞得很。」

俞談至假做意外：「不會啊，靖人很好的，性愛和平，不爭不鬥不搶不奪，那個小島就像世外桃源。」

青鳥滿心存疑：「真是這樣嗎？」

俞談至道：「你師傅會這麼說，大概是因爲他們後來被另一群小人欺負，那群小人只有兩寸大……」

青鳥道：「那是菌人，是女媧大神造的，聽說他們才很好。」

俞談至大搖其頭：「那些菌人可壞了，老是欺壓靖人，尤其最近有個人類名叫羅達禮，簡直壞透了，他率領菌人，想盡辦法折磨靖人，他還帶著一個名叫黎翠的姑娘……」

「翠兒？」青鳥大驚。「翠兒是從谷中出去的，她決不可能做這種事。」

「唉，熱戀中的女子，只要愛人一句話，什麼事情都做得出來。」

青鳥想起當初黎翠的姐姐黎青被花月夜所騙，確是如此，心中便信了五分，追問道：「那羅達禮是何來路？」

「他是個不折不扣的敗德浪蕩子，你若不信，可去洛陽打聽一下，滿城人都罵不絕口。」

身爲密探的青鳥當然去過洛陽，也聽說過羅達禮狼藉的名聲，心中便信了七分：「他爲什麼要幫助菌人？」

「不知爲何，女媧竟收留了他，還派他當菌人的主帥。」

青鳥更驚：「這麼說，翠兒也在幫助女媧？」

「黎翠被他們所矇蔽，因爲他們成天說西王母的壞話……」

「他們都說了些什麼？」

「他們說她愛殺徒弟，只要稍不如意，便難逃毒手；還說她被刑天修理、被武羅修理，連個小小的櫻桃妖都鬥不過……」

青鳥聽得火冒三丈，連連跳腳。

俞啖至最後重重一嘆：「唉，黎翠姑娘實在太容易受騙了。」

青鳥深知黎翠純白如紙，去年就曾被花月夜騙得生不如死，至此牠對俞啖至的話信了十分，勃然大怒，振翅就往外飛。

睡在屋外看星星的薛家糖叫住牠：「你要去哪裡？」

急怒攻心的青鳥來不及細述：「我回崑崙山一趟，有要事稟告師傅。」

望著青鳥的身影消失在夜空中，俞啖至暗自奸笑。

他不希望女媧改造人類，更不希望她毀滅人類，世界最好能維持混濁污穢，他才有機會統治全人類。

他說服靖人襲擊大宋皇城，只是表面上的托詞，他的主要目的，一是進入陰間，與十殿閻王合謀，並註銷自己的死籍；二是故意挑起靖人與菌人的戰爭，以激化西王母與女媧的矛盾，再利用青鳥把這假情報傳送到西王母耳裡，讓她怒不可遏，最終達成消滅女媧與菌人的目標。

「任憑崑崙山眾神再怎麼神通廣大，也不免被我玩弄於股掌之間。」俞飶至滿意的睡熟了，夢裡充滿了慘叫、血影與無止盡的酷刑。

黎翠救父

靖人垂頭喪氣的回到島上，昏睡了好幾天。

這日，謝暴䶆召集大家：「我們到後山去，該解決那個犁䰾之尸了。」

湯暴飲道：「我們想殺他想了十三年，結果都殺不掉……」

謝暴䶆冷笑：「俞公子告訴了我一個方法，你們把全島的豬油都帶上。」

人面馬身的犁䰾之尸被千萬條鐵索綁在懸崖下，他盡量直立身軀，不讓後背靠上崖壁，因爲那上面插滿了倒刺，他只要一靠上去，就會皮開肉綻，甚至傷筋裂骨。

靖人們洶湧而來，謝暴䶆分派道：「何暴殺，你帶五百人爬上懸崖，把一百斤豬油倒在他頭上；其餘的人就在下面，把剩餘的豬油倒在他腳下。」

大家分頭行動。懸崖下的靖人把大桶大桶的豬油朝犁䰾之尸的腳下潑灑過去，地面就變得黏膩油滑，令犁䰠之尸站不住腳，後背不斷的撞上岩壁，倒刺剜入肌膚，鮮血噴濺不絕。

靖人曾經想用長矛刺他的腳，使他站不穩，但他們不敢靠近他，因爲他的馬腳隨便一踢，就能踢死上百個靖人，現在用上這種辦法，既輕鬆又愉快。

爬上懸崖的那批靖人則從崖頂潑下豬油，混濁發臭的油脂從頭頂流下，矇住了他的眼睛。

神的靈力多半凝聚於雙眼，一旦此處被糊，神通就大爲減弱。

謝暴雞眼見犁䰠之尸被折磨得差不多了，發下號令：「結陣進攻！」

衝鋒隊都穿上防滑的抓地靴，從三面湧上，一隊挺著長矛盡挑他的腿筋，另一隊疊起人體階梯，讓第三隊爬到他的小腹高度，猛刺他的肚子。

犁䰠之尸厲聲號叫，看樣子難逃此劫。

倏然間，一團黑呼呼的東西從天空衝下，撞入衝鋒隊裡，將靖人撞得四下噴飛。

是莫奈何駕駛的「野鷹一九七」飛車，上面還載著黎翠、羅達禮和項宗羽。

黎翠抖手八針，刺穿了八個靖人，再挑動細線將他們帶飛，恍若八個流星鎚的鎚頭，輪番砸在國主謝暴雞的頭上，把他九寸的身軀砸得只剩三寸。

羅達禮、項宗羽手持寶傘、寶劍衝入靖人陣中，哪消多久便殺得他們四散潰逃。

項宗羽用湛盧劍斬斷鐵鍊，救下渾身是傷的犁䰰之尸，黎翠趨前細瞅，兒時記憶翻湧上心頭，脫口大叫：「爹！」

神的愛情

犁䰰之尸在這十三年間未進滴水粒米，但他的精神還很好，緊緊握住黎翠的手，淚珠滾落英俊的臉龐：「我一眼就看出妳是我的翠兒，妳長得這麼大了，眞好，眞好。」

黎翠哭道：「爹，你爲什麼會離我們而去？你爲什麼會被囚禁在這裡？」

犁䰰之尸長聲一嘆：「一萬零一年前，西王母來找我，說她創造了一批小人兒，原本的目的是要幫她監督人類，但她後來發現她沒把他們造好，讓她非常失望，因爲她主管天下瘟疫災癘，忙得分身乏術，所以拜託我幫她監督靖人……」

「你在這兒住了一萬年？」

「是啊，可無聊了。」犁䰰之尸苦笑。「二十多年前，我到人間遛達，改名黎靈桂，遇見了妳母親，我跟她一見鍾情，結爲夫妻，她陸續生下了兩個天下最美好的小娃兒，就是胖娃跟妳……」

黎翠知他說的「胖娃」就是姐姐黎青，但此刻無法開口告訴他黎青已死的事情，心頭一陣刺痛，低下頭去。

黎靈桂並未覺察，續道：「那幾年是我生命中最快樂的時光，我很少來靖人島，都留在家中照顧妻兒，不料那些靖人表面恭順，其實早就想殺死我，趁著這機會祕密鍛鑄鐵鍊。就在胖娃八歲、妳六歲的時候，妳娘竟得病死了……」

黎靈桂淚水潰堤崩流：「我那時眞的很想跟著她一起走，眞的快要發瘋了，我問天帝、我問西王母、我問……我問了許許多多的神，人類的世界裡為什麼會有疾病？疾病為什麼會找上妳娘那麼好的人？但是沒有人能夠給我答案。」

黎靈桂望著黎翠，臉上一片歉然：「翠兒，那時妳太小，不會諒解我為什麼不陪在妳倆身邊……」

黎翠緊緊握住他的手：「爹，我們從來沒有怪過你，我們知道你一定有難言的苦衷。」

「我把妳們二人託付給西王母，希望妳倆將來能夠消滅全天下的細菌病毒。」

眾人恍然。「原來他是懷著這個目的。」

黎翠想到自己後來不但沒能完成任務，還成了百惡谷的逃兵，心中更是淒苦難當。

「我回到靖人島，萬念俱灰，天天借酒澆愁，沒防著他們發動突襲，把我綑綁在絕崖下……」黎靈桂撫著渾身傷痕，無限感慨。「我並不怕死，想起這樣就能去見妳娘，我反而高興。只是我一直惦記著妳們兩個天下最可愛的丫頭，不曉得妳倆現在怎麼樣了？」

黎翠強笑：「爹，現在沒有人能夠傷害你了。」

黎靈桂摟住她的肩膀：「翠兒，我眞高興，來救我的人居然就是妳。」微微一頓，追問著：「胖娃呢，她還好吧？」

黎翠再也忍不住，飲泣著說：「她……已經死了！」

黎靈桂一愣之後，口中噴出一標鮮血，暈厥了過去。

舊主子來了

黎翠忙著照顧父親，羅達禮悄悄把莫奈何、項宗羽叫到一邊：「我們如果就此回去，那些靖人要怎麼辦？如果留下他們，他們又會去侵略菌人……」

莫奈何爲難著：「唉，我頭都昏了，我們幹嘛要幫助菌人呢？」

羅達禮道：「菌人之中，幫我們的人多，反對我們的人少。」

項宗羽道：「但靖人也是人，他們傷天害理，我們可不能跟他們學。」

正說間，天上亮起一團赤光，疾速朝島上撲來。

黎翠臉色驟變，渾身發抖：「師傅來了！」

羅達禮驚道：「是西王母？」

莫奈何沉重的點了點頭：「這個神最難纏，大家仔細點。」

那團赤燄來到近前，現出西王母的人形，滿頭亂髮，豹齒豹尾，眉目猙獰，眼神更像兩道剖人臟腑的利刃。

靖人們都從石縫、樹林裡跑出，跪倒在地，大聲呼喊：「主子救命！」

西王母一臉獰惡的走向莫奈何等人：「有沒有一個叫作羅達禮的？」

靖人們都伸手一指。「就是他。」

羅達禮見她狠狠逼近，心中著慌，掏出女媧賜與的五色石，捏在手裡以防萬一。

西王母看見他這舉動，心中剛點燃的三分火登即暴漲到十分，引頸一聲怪嘯，一掌便劈了過來。

項宗羽就站在羅達禮身邊，心知他必然承受不了這一擊，匆忙拔出湛盧劍橫架而上。

黎翠的動作更快，從旁撲至，橫在羅達禮面前：「師傅，這個人什麼都不知道，妳爲何怪罪於他？」

西王母一腳把她踢了個跟頭：「翠兒，當初妳犯錯，我沒殺妳，不料妳還幫著外人來對付我，今日須饒妳不得！」

大步跨前，又一掌朝著黎翠頭頂擊落。

莫奈何在旁大罵：「喂，老妖怪，妳有種就來殺我。」

櫻桃妖躲在葫蘆裡，悄聲埋怨：「死小莫，你眞的是不想活了。」

莫奈何於去年年底到過崑崙山，與天帝建立起了一點交情，西王母多少有些忌憚：

「莫奈何，沒你的事，站到一邊去。」

莫奈何拔出大夏龍雀寶刀，與項宗羽聯手結成一道陣線。

「這種破銅爛鐵也好在我面前獻寶？」西王母一伸手，就把他倆的寶刀寶劍都收走了，再一揮手，把他倆震飛了幾丈遠，霹靂之掌再度朝黎翠擊落。

黎翠依然攔在羅達禮身前，閉目等死，驀覺另一股狂風襲至，頂住了西王母的掌力。剛剛甦醒的黎靈桂奮力出手，他被囚禁了十三年，身體極為虛弱，但護犢之心仍讓他這一擊威力十足，逼得西王母不得不往旁讓開，齜出豹齒：「犁䰫之尸，你敢跟我做對？」

黎靈桂怒吼：「妳為何如此心狠手辣？」

西王母嘿然怪笑：「當年我請你替我看管靖人，我幫你撫養女兒，結果你沒做好我拜託的事情，你女兒也沒做好我教導的事情，你還能怪我心狠手辣嗎？」

黎靈桂面露哀懇：「翠兒好歹是妳的徒弟……」

西王母冷哼：「這一萬年間，我一共殺了五十六個不盡責的徒弟，不差你閨女這一個！」

言猶未畢，已再度發動攻擊，黎靈桂拚盡全力再擋一掌，旋即重傷倒地不起。

黎翠大叫：「爹！」

西王母的手掌已劈了下來。

女媧大戰西王母

正所謂無救兵不成書，而且這救兵還是從來不跟人爭執的女媧。人首龍身的女媧有若一股青中透金的和風，吹向西王母。「手下留情。」

西王母不理她，想要繼續攻擊，卻怎麼也發不出眞力。

沒人見過女媧出手，當然沒人知道她的本領究竟如何，這幾千萬年間，西王母總是看扁她。

現在，她只是緩緩的湧過來，西王母就感受到一股絕大的壓力，不由大吃一驚，連忙聚起全身眞力，膨脹成一團紅中帶黑的光，迎了過去。

兩團光氣在空中翻滾碰撞，引起狂風電芒，不時發作暴雷般的聲響，使得站在地下的莫奈何等人抱頭閃躲不迭。

女媧的青金之氣逐漸擴展，逼得赤黑之氣愈縮愈小，西王母心下急躁，只得施出她最後的絕招，把頭一搖，滿頭亂髮根根豎起，插在上面的玉簪全都飛鏢一般射出。

玉簪穿透青金光氣，逕射女媧渾身上下。

女媧不慌不忙的把這些暗器全都擋下，但驟然之間，地面上發出一道黑光，從後方射了過來。

這件黑色的物事也是神器，居然突破了女媧的護身光氣，逕奔她背心。

女媧沒防著有人偷襲，不免手忙腳亂，西王母乘機反攻，占到了有利的位置。

站在地面觀戰的莫奈何等人都是一楞。「怎麼有人暗算？」

「那好像是俞燚至的藥鋤！」項宗羽銳目四掃，果然發現殘缺不全的俞燚至躲在一塊巨岩之後。

他所使用的藥鋤乃是神農氏特製的法寶，也可算是一件神兵，竟讓女媧吃了個悶虧。

項宗羽大驚道：「他怎麼沒有死？」

「又是他在搞鬼。」莫奈何來不及把蓋天印祭在天上，順手就砸了過去，正中俞燚至胸口，把他的胸骨盡皆打碎，仰面跌倒。

項宗羽大步搶上前，又連刺了他好幾劍：「看你這回還能活嗎？」

忽又聽一聲嬌啼：「翠兒，我好想妳喔！」

青鳥飛了過來，停在黎翠肩上，不停的用頭去擦黎翠的面頰。牠的飛行速度不如西王母，所以現在才氣喘吁吁的趕到。

黎翠和牠都屬於西王母座下，可說從小就跟著牠長大的，當然熟知牠的毛病，心中恍然：「一定是你這小傢伙聽信讒言，中了奸人之計。」

「我哪有？」青鳥振振有辭：「都是因為你們之中有個羅達禮，成天詆毀師傅。」

黎翠失笑：「他根本不知道西王母是誰，怎麼會罵她？」

羅達禮作了一揖：「尊烏，在下不敢隨意褻瀆神明。」

莫奈何可是認識青鳥的，一指俞燚至的屍體：「臭小鳥，你是不是又聽信了他的說三道四？」

青鳥一驚：「他怎麼會在這裡？」

莫奈何道：「他躲在那兒偷襲女媧大神，依我看，就是他挑撥離間，想要挑起崑崙山的內戰。」

青鳥思前想後，終於發現自己被愚弄了，高叫道：「師傅，是我錯了，我被這個人騙了！」

這時女媧已扳回頹勢，西王母正自煩亂，又聽得青鳥如此說，更大為分神，被女媧的光氣闖破了她的護身眞氣，險些從半空中跌落下地。

女媧不為已甚，收氣後退，重嘆一聲道：「西王母，我們都已經這麼大歲數了，還在後生面前爭鬥，不會太丟人現眼了嗎？」

西王母一低頭，只見莫奈何等人都蠢蠢的張大著嘴巴，仰望著自己，當然覺得一張老臉無處可擺，指著黎翠喝道：「妳我以後恩斷義絕，妳最好別再讓我碰到。」

又發一聲長嘯，憤憤離去。

莫奈何反而替黎翠鬆了口氣：「跟她斷絕了關係，最好不過，免得以後還有許多麻煩。」

但黎翠想起西王母多年來的教導，仍覺得負疚良深，低頭飲泣。

女媧不欲多言，轉身便待離開，羅達禮搶前兩步，大聲道：「敢問大神，中原人類的命運決定了嗎？」

女媧緩緩道：「三月底，我會邀集幾個菌人頭目去崑崙山與眾神一起開大會，屆時自有結果。」

兩位大神都走了，靖人們惡狠狠的盯著莫奈何等人，顯見心中又在打著什麼壞主意。項宗羽走到俞啖至的屍體前，一再審視。「這次總死透了吧？」

莫奈何不願多做逗留，與羅達禮幫著黎翠把黎靈桂抱上飛車，正要駛離，卻見西王母又飛了回來。

眾人暗驚：「難道她又想下殺手？」

西王母瞪著他們，惡聲催促：「你們還不快滾？」

莫奈何慌忙駕著飛車飛上半空。

西王母一聲厲嘯，喚出躲在各個角落的靖人。

小人兒們都俯伏在地。「感謝主子救命之恩。」

西王母齜牙瞋目，大罵：「我本來還對你們存著點期望，不想你們如此頑劣窩囊，丟盡了我的臉，我再留下你們有何用處？」

靖人們嚇得大叫：「主子饒命！」

「晚了！」

西王母雙臂一舉，一團天火從天而降，島上的樹木瞬間焚燃，很快的席捲蔓延，哪消多久，整個小島就陷入一片火海，傘狀烈燄騰起數十丈高，直若地獄沸滾。

島上的靖人還有兩百多萬，四散奔逃，淒厲的哀鳴直衝雲霄，避無可避之時，只能往海裡跳，終不免淪為波臣。

莫奈何等人看著這幅末日景象，都驚呆了，暗自心忖：「如果女媧最終決定毀滅人類，豈不是就跟現在一樣？」

眾人心頭沉重，直到飛車飛出老遠，耳中兀自縈迴著那慘烈至極的號叫。

黑暗中的交易

明月出來的時候，島上的大火已經熄滅了，清冷的月光照著島上兩百多萬具被燒焦了的小小的屍體。

這時，另一個更小的小人兒划著一條小小的船，艱辛異常的靠了岸。

他是菌人成大腕。

他踏過兀自冒著煙的餘燼，來到一具最大的焦屍之前，蹲下來靜靜等待。

月亮升到頭頂，那焦屍終於動彈起來。

「俞公子，你好啊。」成大腕諷刺的笑著說。

「你……」全身都被燒焦了的俞錟至沒想到居然有人在此守株待兔。「難道你想乘機殺我？」

「你怕什麼？反正你不會死。」

俞錟至掙扎著爬起身子，圓睜被火烤得通紅的右眼，齜出黑黑的牙齒一笑：「你就這麼一丁點兒大，諒你也沒這本領。」

成大腕冷冷道：「你的魂魄尚未聚攏，還需要三天才能正常行動，對不對？」

俞錟至一驚：「你怎麼知道得這麼清楚？」

「那夜在總部，大家都睡著了，我半夜起床尿尿，」成大腕打了個哆嗦。「居然看見你活了過來，真把我嚇了一大跳。後來我就一直偷偷的跟著你，看你會變成什麼樣子。三天後，你從土穴中爬出來，雖然一副鬼模鬼樣、鬼形鬼狀，但起碼還是個活著的東西。你還能使用神行符，『咻』地一下就不見了。我猜你一定會來靖人島，所以我就趕到海邊乘船出發，正好碰上你的第三次新生。」

俞錟至皺眉不解：「你到底想幹什麼？」

成大腕正色道：「我問你，你想不想消滅人類？」

俞啖至切齒：「我本來只想奴役全人類，但現在，我恨死人類了！把他們全部殺光，我一點都不會覺得可惜。」

「好，在這一點上，我們是一致的。女媧大神的本意就是消滅人類，後來受到別人的干擾，她才猶豫不決。」成大腕堅定的說。「無論如何，我都要貫徹她的意志。」

俞啖至焦炭般的臉上露出興奮之色：「你知道女媧寶盒藏在哪裡？」

「沒錯。但寶盒是正常人的尺寸，我無法打開。」

「你告訴我寶盒的藏匿處，三天之後，我就可以把寶盒打開或搬走。」

「我們只是合作，並不代表我信任你。」成大腕冷笑搖頭。「這是女媧大神的法寶，不能經由你的髒手。」

俞啖至暗怒：「那要如何？」

成大腕冷靜的說：「公子足智多謀，幫我想一個能夠打開寶盒的方法，放出裡面的十二星宮魔王。」

俞啖至雖然極為不悅，但仍沉吟了一會兒。「《山海經》的〈大荒東經〉中記載：『東海之外，大荒之中，有山，名曰大言，日月所出。有波谷山者，有大人之國。』這條記載就在靖人國的記載之前，所以應該距離靖人島不遠。」

「大人國又怎地？」成大腕一頭霧水。

「既然菌人可以讓人變小，大人國說不定就能讓人變大。」俞啖至又齜著一嘴黑牙，露出一個嚇死人的笑容。「你若變大了，不就可以打開寶盒？」

小人來到大人國

成大腕祭起俞啖至借給他的神行符，在東海之外繞了一圈，果然看見一個山頭上，蹲坐著一個異常巨大的人。

成大腕想起俞啖至後來又告訴他：「有一處大人的市集建在『大人之堂』山上，一個張開雙耳的大人蹲在山頂，負責瞭望，一看見有陌生人接近，就警告同伴，大家便都僞裝成山上的石頭。」

「他們長得那麼高大，害怕什麼？」

俞啖至哈哈一笑：「他們害羞。」

成大腕落到「大人之市」的角落，探頭一看，那些大人身高三十丈，較諸菌人高了一千五百倍，只比開封最有名的「靈感木塔」矮了一截。

此處是他們的市集，人潮洶湧，攤子上擺著各種日常用品，一根牙籤都有八尺八寸，比成大腕長了四十四倍。

成大腕不敢走出去，暗道：「他們隨便一個噴嚏就能把我吹出五里遠，我要怎麼跟他們去做交涉？」

他想打消這個主意，但貫徹女媧意志的念頭如此強烈，讓他鼓足了勇氣，拚命爬到一個賣女裝的攤子上。

在大人們的面前，他就如同一隻跳蚤，只不過這隻跳蚤會說話，他拉直了嗓門嚷嚷：「喂，你們能不能讓我變大？」

一個女巨人正在挑選衣服，被這突如其來的語聲吸引過目光，一眼看見一個小小小人兒站在那兒絮絮聒聒，嚇得花容失色，尖叫一聲：「有外人！」

登時之間，滿街大人奔竄逃跑，有的躲入茅廁，有的躲進醬缸，無處可藏的就蜷屈在攤子底下，只露出驚懼的雙眼。

成大腕暗笑：「這些傢伙眞好打發。」便又開聲大喊：「我想要變大，誰能幫助我？」

大人們紛紛從藏身處互比手勢，鬧騰了半天，才推舉出一個最大的人來，顫抖著說：「你……你……你……為……為什麼……」

成大腕不耐：「好啦，別講了，帶我去見你們的國主。」

折磨大人的方法

大人國的宮殿建得跟中原差不多，位址選在「波谷山」的山谷深處，免得被外人發現。國主聽得有「外人」求見，在衣櫥裡躲了半個時辰，最後被五名嬪妃死拖活拽的拉出來。「主上，事態極爲嚴重，非得您御駕親征才行啊。」

國主實在沒法可想，只得賈勇接見成大腕：「本……本王名叫陶小器，貴……貴客何名？」

「陶小器？」成大腕一怔。「莫非跟我們的陶大器是親戚？可長得天差地遠。」

嘴上說道：「請問貴國有能夠使人變大之法嗎？」

唬得陶小器從龍椅上跌了下來，大叫：「秦小觀、李小照，快護駕！」

名叫秦小觀的衛士埋怨道：「貴客的音量可不可以放小一點？講話講得這麼大聲，嚇煞人也！」

成大腕笑道：「我太小，怕你們聽不清楚，自然說大聲了些。」

滿朝文武百官都連連躬身。「我們聽得清楚，貴客只管小聲講話。」

「好吧。」成大腕盡量壓低聲音：「我想變大，行唄？」

陶小器環顧百官：「眾愛卿，有何意見？」

宰相名喚馬小久，異常小心的說：「關於這一點嘛，最好開個會，大家商討一下。」

陶小器哭喪著臉：「馬宰相，你總愛開會，但每次開會都沒結果，你有能力開一場有結果的會嗎？」

馬小久滿面羞慚的退了下去。

成大腕已確定他們擁有變大的方法，便道：「這樣吧，我幫你們拿個主意，你們幫我變大，我自然該付你們報酬，但是我們的錢，你們沒用，所以我就要些把戲給你們看，當作酬金，如何？」

「耍把戲？挺好的。」大人們都開心了。

成大腕跳上陶小器面前的几案，舒活了一下筋骨，尋思：「這就像正常人看跳蚤戲法，諒必會讓他們會看得高興。」

成大腕將身一縱，一連翻了幾十個空心筋斗。

大人們看得心驚膽戰，都大叫：「小心，小心！」

成大腕又頭下腳上的拿起大頂。

大伙兒又喊：「小心，小心！」

成大腕還想表演難度更高的動作，陶小器一逕擺手：「不要不要，我不看了，心臟病都快發作了。退朝，退朝。」

成大腕忙道：「那你們可要履行承諾，我要領我的酬勞。」

陶小器皺眉：「什麼承諾？你這把戲可怕極了，沒把我們嚇死就不錯了，還想領什麼酬勞？」言畢便往後宮走去。

成大腕情急智生，跳起來抓住他的衣帶，一直往上爬。

陶小器驚呼：「救駕！救駕！」

文武百官一湧上前，想把成大腕抓下來。

成大腕一聲暴喝：「誰敢動手！」

嚇得大人們連滾帶爬，都躲到一邊去。

成大腕又爬了大約三炷香，才爬上陶小器的臉頰。

陶小器嚷得更大聲，又不敢用手去拍。

成大腕冷哼：「你就等著被我折磨吧。」一骨碌鑽進了陶小器的耳朵。

「媽呀！」陶小器幾乎蹦上了天。「你要幹什麼？」

成大腕在他的內耳裡亂搔，癢得陶小器前仰後合，難過得要命。

「別搔了，癢死我了，啊呀呀，救命！」

宰相馬小久急道：「快快快，大家快來開會。」

內務大臣金小稻罵道：「你少來你那唯一的一套，大家都被你煩死了，快快閉嘴！」

衛士秦小觀建議著：「主上可用耳挖子去挖一挖。」

成大腕在耳內大吼：「誰敢挖？你挖我，我就鑽到你腦子裡面去！」

陶小器哭道：「不挖不挖，我不挖。」

成大腕哼道：「我就住在這裡面，每天吵、每時吵、每刻吵，吵得你晚上睡不著，白天聽不到，我還要到處拉屎撒尿，讓你的耳朵變成一個大膿皰。」

「我答應你！」陶小器吩咐侍從。「快把櫰果的濃縮液拿來。」

成大腕追問：「那是什麼東西？」

陶小器解釋著：「《山海經》的〈西山經〉裡有記載，中曲之山上有種樹木，名叫櫰木，樹形像棠，圓葉子，紅色的果實，像木瓜，吃了這種果子就能增加力氣，身體還會變大。」

金小稻補充：「如果只是吃果實，一年之後才會漸漸顯出成效，但如果服用我們特製的濃縮液，連喝十五天就能見效，但也會變得比較笨拙、比較膽小……」

成大腕擔心：「我會變得跟你們一樣巨大嗎？」

「那倒不至於，因爲你原本太小了。」

馬小久道：「你可能會變成……唉，要不要開個會計算一下？」

金小稻對著他的臉呸了一口，再轉身掐指一算：「你頂多變成九尺高。」

成大腕放下了半顆心，又問：「以後不喝那濃縮液，還能變回原樣嗎？」

「再也變不回來了。」

成大腕暗忖：「人小小的多好，我還眞不想變大，但是……爲了完成大神的心願，只能犧牲我自己了。」

死要錢

地獄的第四殿今天可熱鬧。這一殿掌管的是交易詐欺、耍賴欠錢、瞞稅不報等罪，受審的多半是商人，算是商業地獄。

「五官王」高坐臺上，望著俯伏在下面的三條鬼。「你們已經死了五個多月，爲何還要吵吵鬧鬧？」

那三人哭嚷：「舊帳未清，非得算個清楚不可。」

五官王道：「報上名來。」

旁邊的「理財判官」望著卷宗：「這三人生前都是長安的大富豪。一個叫汪摳門，一個叫蔣摳針，一個叫彭摳蚊。」

五官王失笑：「這是什麼怪名字？」

理財判官道：「汪摳門的的本名當然不叫摳門，大家給他取這個外號的意思是，他若看見廟門上塗有金粉，都要想辦法把金粉摳下來。」

五官王道：「原來是個見錢眼開的傢伙。」

理財判官又道：「蔣摳針也不是本名，大家取笑他，說他若看見縫衣服的針尖上黏著金絲屑，都要想辦法摳下來。」

五官王冷笑：「吝嗇成性的程度眞是天下一絕。」

理財判官續道：「這彭摳蚊呢，只要看見蚊子的腳上沾有家中神壇的金粉，都要想辦法摳下來。」

「哈，既吝嗇成性又見錢眼開。」五官王大喝一聲：「光聽這些外號，就知他們不是好貨，先各拔三十塊肉再說！」

鬼卒把三人拖下，用鐵鉗夾住三人肚子上的肉，一拔就是血淋淋的一片，痛得三人哇哇叫。

拔完了，再到臺下跪著。

「你們還要算帳嗎？」

「當然要！」三人一起大叫。

「嘖，眞是死要錢。」五官王無可奈何。「一一報上帳目，由判官清算。」

理財判官取出一具骷髏珠算盤，等待他們往上報帳。

彭摳蚊道：「去年七月二十一日晚上，我們在長安的『祥福大酒樓』聚會，雖然名爲我做東，但大王也知道，我們富豪聚會，誰也不該占誰的便宜，大家應該平均分攤才對。」

判官不耐道：「一共多少錢？」

彭摳蚊道：「我點了三樣大菜……」

判官拍桌：「我問你多少錢？」

「一碟鹽漬花生，三十文；一碟涼拌小黃瓜，二十五文；一碟四季豆，二十五文。」

五官王瞠目：「一共八十文，這也要大家分攤？」

「當然要！」

蔣摳針、汪摳門兩人都大叫：「後來我們明明都攤了啊。」

「哪有？」彭摳蚊怒視二人。「八十除以三，他倆應該各給我二十六文與六個鐵錢，但蔣摳針只給了我二十六文，汪摳門更過分，只給了我二十五文。」

五官王大怒：「帳算得這麼細，弄得本王頭都痛了。再把這彭摳蚊拉下去，既然他是個一毛不拔的鐵公雞，就拔他八十塊肉。」

就在彭摳蚊的慘叫聲中，判官再問蔣摳針：「你有什麼帳？」

蔣摳針道：「後來我們懷疑甜水街『薛記』甜品賣的甘薯乳糖有問題，我們就買了一盒來試試，是我先墊的二十文，結果他們兩個事後都裝作沒事，沒還我錢。」

汪摳門呸道：「後來整盒糖都被你拿回去了，爲什麼我們還要分攤？而且，都是你想弄那個送貨的大後生，才惹出了後面的禍事。」

五官王笑道：「你可知道你想輕薄的年輕人是誰？他現在可是百惡谷谷主，幸虧你們已經死了，否則他若追究起來，你們會比現在更慘！」

當初薛家糖就是賣了他們三人一盒糖，鬧出了一堆事端，後來才莫名其妙的成爲西王母的徒弟。

判官又問汪摳門：「你呢，你有什麼舊帳？」

汪摳門道：「再後來，我們三人一起去開封，不知怎地得了風流病，我們去看大夫，掛號費是我先墊的，一共一百五十文，他們都不還給我。」

判官點頭道：「嗯，這個比較嚴重一些些。」

蔣摳針哭著說：「我回長安之後就病死了，怎麼還你？嗯，不對，你比我先病死，我還誰呀？」

彭摳蚊被推了回來，一個圓凸凸的小腹被拔得大腸外露，渾身是血。

五官王翻閱卷宗：「彭摳蚊，你死了之後，你的管家胡定一就把你的老婆睡了……」

彭摳蚊冷哼道：「讓他睡，沒關係，我以後再跟他討床頭資。」

五官王道：「就算你今天討回了蔣摳針欠你的六個鐵錢，與汪摳門欠你的一文外加六個鐵錢，但這也不會歸到你老婆和孩子的名下，因爲胡定一把你的家產全都霸占光了。」

彭摳蚊嘴裡標出一口鮮血，昏倒在地。

理財判官命令鬼卒給他推宮活血，將他弄醒。

五官王溫言道：「你急什麼？胡定一也死了，沒能占著你多少便宜。」

話剛說完，鬼卒就帶上了胡定一。

彭摳蚊想要上前跟他拚命，被判官喝止：「人犯胡定一的罪名可多了，最少要經過九殿審判。他已經歷過前面三殿的棒毆、剁肢、勒頸之苦，在本殿的刑罰則是，此後四十九天，每天都要一片片的拔光全身之肉。拖下去，行刑！」

甭提那胡定一受刑的慘狀，彭、蔣、汪三人怵目驚心，叫得比胡定一還大聲。

五官王喝道：「你們明白了沒有？錢財這東西生不帶來，死不帶去，你們還要結算舊帳嗎？」

三人一起大叫：「當然要！」

五官王一頭栽在桌面上，虛脫的直勁揮手：「好了好了，把他們押下去，讓他們再算一百年吧。」

好不容易審完此案，已是一身汗，卻見第九殿的平等王踅了過來。

「吾兄何事？」

平等王道：「那天那個姓俞的說要幫我們對付女媧，怎麼直至現在還沒消息？」

五官王哼道：「依我看，那小子根本是泥菩薩過江，自身難保。」

平等王滿懷憂慮：「這幾日細思了一回，那女媧人神的決定，關乎我們的未來，絕對不能等閒看待。」

五官王點頭道：「也是。下午就要開十殿大會，咱們總得做出個決定。」

閻王鬥菌人

菌人國的開封總部終於收拾乾淨了，陶大器等人躺在廣場上休息，沒防著十條黑黝黝的人影出現在暗影之中，發出陰森森的聲音：「菌人，我們要好好的談一談。」

來人正是十殿閻王，黑壓壓的排成一列，活像十個連續不斷的惡夢。

陶大器皺眉道：「樓下的房客，咱們素無來往，今天為何造訪？」

卞城王抱怨著說：「前些日子你們鳩工裝潢，吵得我們住在樓下的無半刻安寧，還弄得我們滿頭是灰。」

陶大器想起靖人入侵之時，被他們亂搞了一大通，使得鄰居不滿，正想開口道歉。

閻羅王暴躁的瞪著卞城王，罵道：「此許小事，還拿來說嘴，羞也不羞？」

卞城王一縮肩膀，閉嘴不迭。

秦廣王幽幽的說：「今日來此是為了一件要事，與你們商量。」

陶大器道：「敦親睦鄰，古有明訓，賢鄰但說不妨。」

宋帝王接口道：「我們曉得你們是女媧大神的手下，而女媧有消滅人類之心……」

都市王又接了過去：「如此一來，可把我們害慘了。」

陶大器不解：「你們怎麼會慘？人都死光了，不正合你們的意嗎？」

卞城王跺腳咋唬：「我們一下子收不了這麼多死鬼啊！」

閻羅王又瞪他一眼，追問：「聽說女媧大神再造出來的人類，就不會有惡人？」

焦大頭道：「當然不會有囉。」

十殿閻王面面相覷，這才是他們最怕的事情，將來都沒了壞人，他們要靠什麼過活呀？

泰山王沉吟了一會兒，十分有禮的朝菌人作了一揖：「我們想與女媧大神見個面、開個會、談判一下，煩勞你們通報一聲。」

陶大器一逕搖手：「大神何等尊貴，怎麼會跟你們這些髒東西開會談判？」

此言一出，十個閻王都氣得跳腳。「誰是髒東西？」

泰山王更七竅生煙：「本王以禮相待，你們居然這麼看不起人。」扭頭大喝：「牛頭馬面何在？」

黑暗中一片嘈雜，好似有千軍萬馬衝了過來，菌人卻什麼都看不見，心中著慌。

原來地府之中除了十殿閻王能夠顯露形體，其他的鬼將鬼兵都屬於肉眼看不見的「髒東西」。

驀然間，一旁的小狐貍一起噴出黃沙，覆蓋在鬼兒們的身上，把他們的形狀全都顯現出來。

當先的牛頭、馬面被沙子噴到，猛打噴嚏。

菌人頗感意外。「倒還不知蜮有這種功用。」

泰山王指揮鬼卒：「把他們統統趕走！」

卞城王一驚，悄聲勸阻：「我們還有許多地方要依賴他們咧。」

閻羅王大吼：「放屁，從此不需要他們了。」

宋帝王也道：「以後還有別的辦法可想，先把他們轟走再說。」

牛頭、馬面率領著幾百名鬼卒衝殺上前，菌人怎會是對手，只能四散逃命。

馬面抹著鼻涕上前報告：「末將置生死於度外，棄家小於不顧，披堅執銳，浴血奮戰，幸不辱命。」

「廢話那麼多。」牛頭在後不爽的拱了他一角。「把他們都打跑啦。」

閻羅王下令：「菌人共有三千多萬，把他們統統丟出去，以後這些地底的區域就歸咱們管了。」

幾日內，鬼卒順著菌人的地下通道，一路攻占各個大小城鎮。

一些菌人躲入五級以下的通道內，伺機而動；但絕大部分都被打得無法容身，只好帶著幾千萬隻小狐狸在地面上流浪。

左右逢源的羅達禮

卻說黎翠從靖人島回來後，仍住在原先的客棧裡，衣不解帶的照顧父親。黎靈桂的傷勢不輕，多半時候都陷入昏迷狀態，不停的發出囈語：「翠兒……胖娃……」

黎翠心如刀割。她從西王母處學得的醫術已是天下無雙，但此刻仍有束手之苦。羅達禮回來後，也住入同一家客棧，負責照料黎翠的日常飲食與生活細節。

客棧的左手邊是間麵店，右手邊是間餅店，羅達禮最常買這兩家的東西。餅店老闆有個閨女，長得圓圓滾滾，大家都叫她「大餅妞」；麵店老闆也有個閨女，長得苗苗條條，大家都叫她「細麵妹」。

大餅妞養了隻肥肥的橘色貓，喚作「阿呆」；細麵妹養了隻瘦瘦的虎斑貓，喚作「小虎」。

兩位姑娘一看見羅達禮上門，都會露出最甜美的笑容，並送上最殷勤的招待。那兩隻貓也都喜歡他，可能因爲他從前養過貓，身上還殘留著貓味，時不時就在他腳邊挨挨擦擦，這讓他想起昔日家中的寶丫，傷感惆悵之餘，對兩隻貓自然疼愛有加。

這日晚上，莫奈何來探望黎靈桂，完事之後便與羅達禮坐在客棧外閒聊。

「形意門搬到開封來了。」莫奈何哪壺不開提哪壺。「你有去拜訪過他們嗎？」

羅達禮苦笑：「我哪有臉去見他們？」

「喂，你現在是改造成功的聖人了，如何見不得人？」

一句話勾起了他倆最深層的憂慮：「唉，改造，人類能夠改造成功嗎？如果女媧覺得不能，那就……唉唉唉！」

地面冒出個小洞，陶大器帶著幾隻小狐狸，氣急敗壞的從洞裡鑽出來：「我們菌人完蛋了！」

羅達禮問明始末，不禁與莫奈何面面相覷。「這要如何是好？」

櫻桃妖在葫蘆裡迫不及待的說：「那些地底下的東西終於出現了。我最怕那些玩意兒，所以你們別想我會幫忙。」

「原來妳怕鬼？」莫奈何恍然失笑。「我還一直奇怪妳怕地下的什麼呢。」

櫻桃妖哆嗦：「鬼也會抓妖怪，抓到了就直接吃掉！我可不跟他們打交道。」

莫奈何想了想，對陶大器說道：「菌人跟我們人類其實是站在對立面，我們上次幫助你們打靖人，已經很夠義氣了，這回可幫不了，鬼要怎麼打啊？連妖怪都怕，人會不怕嗎？」

陶大器威脅著說：「菌人之中，替人類說好話的多。如果你們這次不出手相救，三月底的崑崙山大會上，休想我會在女媧大神面前替你們求情。」

莫奈何莫可奈何：「這個小人兒的腦袋是怎麼長的？只有一丁點大，怎裝了這麼多壞水。」

羅達禮笑道：「孔夫子早就說過了，千萬別招惹小人。」

這時，阿呆、小虎兩隻貓又跑來找羅達禮撒嬌親熱。阿呆是母的，正值發情期，竟在羅達禮腳邊撒了泡尿。

小虎則猛地朝街邊暗影發出嘶叫，背上與尾巴上的毛全都炸裂開來。

勾魂的來了

看官，你道怎麼回事？

原來是牛頭馬面來勾魂了。

十殿閻王派出大量鬼兵去侵占菌人的地盤，使得本部空虛，勾魂的事務缺乏人手，只得把牛頭馬面、黑白無常、文武判官全都派出去執行收取魂魄的任務。

馬面一逕嘮叨：「這種低下的工作，怎麼會輪到咱們來做？已經五百年沒做過，都忘光了。」

牛頭哼道：「你這是『升了官就忘了吏』，最要不得。」

馬面陪笑：「俗話說得好：換了位置，就該換個屁股。吾兄死也不換屁股，小弟佩服。」

兩人來到羅達禮居住的客棧旁，翻開生死簿。「這間餅店的黃滿薏今日合該跌一跤，腦溢血而死；那家麵店的秋水湘應當被麵糰噎住，窒息而死。」

黃滿薏就是大餅妞，秋水湘就是細麵妹。

牛頭分派道：「你收胖的，我去收瘦的。」

馬面涎笑：「那個秋水湘的身材比較好，讓給我，行唄？」

「只是收死鬼，又不是選秀女，還挑三撿四。」牛頭呸道。「就讓給你。」

馬面又問：「魂要怎麼收啊？」

「等她死了，魂魄自然會飄出來，你就用鐵鍊朝她脖子上一栓，拉著就走。」

「哦，我記起來了。就這麼辦。」

兩人正要分頭行動，羅達禮身邊的小虎忽朝著他倆發出厲嘶。

陶大器警覺：「貓有陰陽眼，莫非有髒東西來了？」他身邊跟著許多小狐貍，當即命令牠們噴出黃沙。

牛頭、馬面被沙子一罩，身體的形狀就露了出來，兩人卻不知情，仍舊走向自己的目標。

羅達禮看見牛頭走入餅店，急道：「大餅妞要糟！」拔腿衝入店內。

大餅妞正踩著矮凳，要取下放在櫃頂的調味料罐，一個不穩，矮凳翻倒，整個人便摔了下來。

羅達禮適時趕至，用盡全力一扶，大餅妞壓在他身上，兩人滾倒在地，全都沒事。

牛頭站在一旁只能乾瞪眼。

另一邊，莫奈何看見馬面走入麵店，也跟了過去。

細麵妹正在擀麵條，一陣怪風吹來，颳起一小塊麵糰，正好飛進她的嘴巴，堵住了她的咽喉。她亂摳了幾下，一聲也叫不出來，窒息倒地。

莫奈何趕忙拖起她的身子，從後面攬住她的胸腔，向上擠了兩擠。

細麵妹咳出一口大氣，噴出麵糰，終於可以呼吸了。

馬面氣得跳腳。

兩人收不到魂魄，正想打道回府，羅達禮、莫奈何已攔在他倆面前，質問道：「你們爲何要侵占菌人的地盤？」

牛頭、馬面一陣驚奇：「你們怎麼看得見我們？」

陶大器在腳下大叫：「還要打你們咧！」

牛頭怒道：「原來是你這小人在搞鬼。」

莫奈何一笑：「你自己就是鬼，還說別人搞鬼？」

牛頭伸腳想踩陶大器，莫奈何一拳搗在他臉上，把他的牛鼻子打扁了半邊。

牛頭、馬面勃然大怒，取下掛在背後的鋼叉，就待動手。

莫奈何、羅達禮俱各欺前兩步，一個拿出蓋天印，一個拿出五色石。

這兩件法寶只能打妖，不能打人也不能打鬼，但只要配戴在身上就能讓鬼退避三舍。

牛頭、馬面被法寶的光燄一照，燙得渾身腫脹，忙不迭往後退縮，偏偏馬面腳下一滑，跌坐在阿呆剛剛撒出來的貓尿上，頓時就像屁股著了火，尖叫連連，連滾帶爬的溜了。

「原來鬼怕貓尿？」莫、羅二人心有所悟。「這就好辦了。」

餅店的老闆帶著大餅妞出來謝謝羅達禮，大餅妞羞得一張臉紅通通，好似在說：「奴家的身子被公子摸過了，現在要怎麼辦？」

羅達禮傻笑未畢，又見細麵妹的家人氣洶洶的揮舞著擀麵棍，衝出店外：「哪裡來的野漢子，竟敢輕薄我家閨女！」

細麵妹兀自指定莫奈何哭哭啼啼：「就是他，他從後面抱住我，意圖非禮！」

莫奈何百口莫辯，只得仿效牛頭馬面的榜樣，落荒而逃。

地獄的形成

羅達禮把陶大器帶到房間裡，關起門來悄聲詢問：「世上果眞有地獄跟鬼這些玩意兒？」

「當然有。」

羅達禮止不住內心顫抖：「鬼跟妖怪又不相同，他們究竟是怎麼回事？難道竟不屬於女媧的管轄範圍？」

陶大器道：「當初女媧大神造人，並沒有預計到這方面的事情。舉凡生物都有精魄，死後不散，比較強的就能夠存在得比較久，逐漸發展出精魄的世界。遠古時代最強的精魄就是泰山王，那時的陰間就跟人間差不多，人死了，便在黃泉弄塊地，愛種什麼種什麼，不管好人壞人，都一樣各自生活。但是六百多年前，從天竺來了個閻摩大王，他可出了些餿點子，說什麼地府有惡魂，就該訂出陰間的律法來懲治惡魂，又想出了許多折磨鬼魂的花樣，從此平安和樂的地府就變成了陰森慘酷的地獄，幾乎每一條魂魄下去都要受罪。」

羅達禮道：「總而言之，就是女媧大神管不著地獄與鬼？」

「管不著。」陶大器喪氣。「要不然，我求你們幹什麼？」

「我再問你，天堂又是怎麼回事？」

陶大器仰面向天：「我這麼小，離天堂太遠了，怎麼搞得清楚？」又找補著說：「似乎是佛教、道教他們自己創建的。你的精魄若夠強，將來也可以自己創建一個。」

羅達禮呆了：「自己創建一個天堂？」

「有何不可？」陶大器打了個呵欠。「自己有能力蓋房子，何必去住別人的房子？」

一兩貓尿半兩銀

一座大宅院正在趕工興建，幾十名工人揮汗如雨，賣力工作，在旁監工的不是別人，正是丐幫幫主芝麻李。

莫奈何踅了進來：「你這大宅規畫得不錯啊。」

閒來無事在旁邊品鑑未來住處的乞丐們都笑著說：「小莫國師眞好樣的，話出如風，一點都不賴帳。」

原來他們得到了當初懸賞捉拿羅達禮的萬兩黃金。

莫奈何笑道：「你們幫主才是好樣的，眞的幫你們蓋了一間大宅院。」

芝麻李酸溜溜的吟道：「安得廣廈千萬間，人庇天下乞狗盡歡顏……」

「什麼乞狗？」眾乞丐不滿。

「就是乞丐與狗。」芝麻李解釋。「那日不是說好了要收養流浪狗？那邊的幾個大棚架就是流浪狗之家。」

莫奈何道：「正爲了這事來跟你商量，開封城裡有多少流浪貓？」

「貓？多了。」眾乞丐雜言：「少說幾千隻。」

莫奈何道：「你們能不能把牠們收集起來，也養在這裡？」

芝麻李嘴歪眼斜，嫌惡著說：「貓這種東西不愛聽人話，叫牠又不來，餵牠也不一定吃，你不想理牠的時候，牠偏偏就跑來偎呀偎的，煩死了。」

「可，貓的用處大了。」

芝麻李道：「你又有什麼怪主意？」

「反正，能收多少就收多少，我再去跟朝廷要補助。」

協議既定，莫奈何又轉往開封府衙，跟顧寒袖磋商：「可不可以下一道收集全城貓尿的命令？」

顧寒袖的嘴巴張得老大，恍似剛剛喝下了一碗那種東西：「你……有何深意？」

「勾魂使者最怕貓尿，我們要用它攻擊那些陰間來的髒東西。」

「這倒是我至今發出的最好的命令。」顧寒袖欣然一揮大筆，寫就一篇文采蓋世、震古爍今的告示，頂頭一行大字：「洛陽紙貴，開封貓貴」，旁邊兩行小字：「一城春色半城柳，一兩貓尿半兩銀」。

告示貼出，百姓議論紛紛，有養貓的人家都在家裡催貓尿尿；乞丐們則把流浪貓都逗到還沒完工的大院內。

在滿城的貓一起「喵喵喵」聲中，沒幾天便收集了數以斗計的貓尿，再分裝成小瓶交給菌人。

菌人鬥閻王

負責勾魂的是第一殿的秦廣王，這幾日殿前冷清，不知是何道理，終於忍不住下令道：「怎麼都沒看見牛頭、馬面？快叫他們前來覆命。」

兩個傢伙面色灰敗的來了，馬面還一跛一跛的，一臉苦相。

「你怎麼啦？」秦廣王問。

「屁股痛。」馬面回答。

「前幾日派你倆去收魂，爲何至今毫無動靜？」

「我……在家養病。」

牛頭則垂首不語。

秦廣王不耐：「呑呑吐吐的做啥？快說實話。」

牛頭道：「人類開始有辦法反擊我們了。」

秦廣王皺眉：「誰有這種能耐？」

馬面道：「就是那個姓莫的八印國師，還有一個姓羅的小子，跟菌人很親密，也是女媧的手下。」
秦廣王一驚：「女媧已經知道我們的行動了？」
牛頭、馬面喪氣。「應該吧。」
就在這時，兩個鬼卒慌慌張張的跑了進來。「報！荊州失守！」
秦廣王霍然起身：「失守是什麼意思？」
「荊州的六級地下城鎮被菌人奪回去了！」
「菌人只那麼一點點大，又沒有特殊的本領，我們爲何會敗？」
「他們人手一瓶……」鬼卒號啕。「人手一瓶貓尿！」
秦廣王「碰」地一聲跌坐回椅內。「貓尿？貓尿？他們怎知貓尿是我們的剋星？」
鬼卒哭道：「兄弟們被臊傷了好多個，有一些恐怕性命不保。」
秦廣王一拍几案：「快請其他九殿大王至議事大廳集合。」

偷走生死簿

秦廣王一走，第一殿就空無一人。
陶大器帶著莫奈何、羅達禮從那日俞猍至打開的大洞中悄悄垂降而下。

莫奈何見這洞窟簡陋非常，閻王辦公用的桌椅几凳都粗糙不堪：「所謂的森羅殿原來是這副德性？」

陶大器呸道：「他們成立不過六百多年，哪有什麼規模可言。」

莫奈何笑道：「眞比你們菌人國差多了。」

櫻桃妖在葫蘆裡大罵：「你們別只顧打諢，跑到這裡來是好作耍的嗎？第一殿掌管生死簿，快把那些簿子找出來。」

三人在殿內尋了一轉，在一排大櫃子裡找到了全中原人類的生死簿，但就在預料之中，既多又厚。

莫奈何道：「先拿走開封、洛陽、長沙、紹興、贛州、長安、杭州、泉州、成都、廣州等十大城市的簿冊，其餘的有空再慢慢搬。」

羅達禮、莫奈何各揹一大袋，好不容易回到地面。

莫奈何手癢心也癢，就想翻查自己的陽壽。

羅達禮唉道：「有什麼好查的？女媧大神手一揮，這些簿子都是廢紙。」

「我是苦中作樂。」莫奈何苦笑一回。「離三月底尙有一個月，我們最起碼還可以救一些人，多活一天是一天嘛。」

羅達禮道：「並且可以給那些閻王一點顏色看看。」

陶大器提醒道：「別忘了我們主要的目的是：最近一個月內該死亡的人類，閻王都已按照簿冊發出了拘票，所以我們可以搶先一步等候那些鬼卒來勾魂，把他們打得慘兮兮。」

三人便將哪一天鬼卒會到哪一家去勾魂，條列明細，通報給各處的菌人。小狐狸把守住要道，一見鬼卒就先噴沙，讓他們現形，然後菌人一湧而上，用貓尿潑灑，臊得鬼卒遍體鱗傷。

接下來的半個月內，菌人不但收復了幾百個城鎮，負責勾魂的鬼卒也死傷慘重。

「你這敗德浪蕩子竟成了救命的活菩薩。」

面對莫奈何的嘲笑，羅達禮只是傻笑：「我只喜歡想像十殿閻王氣極暴跳的樣子。」

人口暴增之後

十殿閻王雖然焦頭爛額，人間的帝王也不輕鬆。

莫奈何與顧寒袖奉詔入宮，趙恆把戶部的奏報交給他們看。

「十大城市在最近半個月內都沒死人，人口增加迅速，照這樣發展下去，不用到年底，全國人口就會突破四千萬，再過五年，翻倍成八千萬，再十年就，唉！」趙恆撫著額頭。

「生老病死人之常情，人如果都不會死，將來的問題可大了。」

莫奈何不敢提起菌人與閻王鬥法之事，只得裝作沒聽到。

趙恆又問：「你們可知女媧人神那兒的本性替換法進行得怎麼樣了？」他只知女媧想改造人類，而不知她有毀滅的想法。

顧、莫二人都不敢回答。莫奈何悄聲道：「快把話題岔開。」

顧寒袖輕咳一聲，胡謅道：「皇上，以目前的狀況而言，微臣以爲人口暴增的問題還不如牛糞、馬糞嚴重。」

趙恆一愣：「愛卿說什麼？」

顧寒袖道：「人口增加，馬車、牛車一定跟著增加，牛馬的出糞量當然也會增加，現在開封一天的牛馬糞量就有二十五萬斤，需要八十三輛車、三百九十七個人才能處理。」

趙恆嚇了一大跳：「僅是牲畜的糞便就這麼棘手？」

顧寒袖眼見情勢不錯，繼續加碼：「人的排洩物跟垃圾就更甭提了。」

趙恆猛點頭：「這是當然。」

「文明昌盛燦爛固然好，但也產生了許多新問題，而朝廷的架構沒跟著改變，仍然承襲自古以來的六部組織，那麼，堵轎歸誰管？垃圾歸誰管？這些都不是六部所能解決的。」

「沒錯沒錯，愛卿果有識見。」

顧寒袖既得鼓舞，更加發揮：「朝廷的稅賦制度也太老舊，抽不到眞正有錢人的稅，無法支付國家開支，所以財稅部門應該增加人手……」

莫奈何猛一拍手：「對啊對啊，把那些沒死的人都派去查稅。」

趙恆被他倆一陣胡扯，鬧得失去了焦點，再也不追問女媧的意圖如何。

兩人退出後，顧寒袖嘆道：「所謂奸臣矇蔽聖聽，大約就是如此了。」

莫奈何嗐道：「這種時候不當奸臣，行嗎？一吐實言，官家說不定就嚇得『大行』去了。」

貔貅總管

一塊會活動的焦炭在大街上走著，行人見了他都避之唯恐不及。

他來到京城最豪奢的宅邸「登峰閣」的大門前，就要往裡走，守衛們揮舞棍棒想把他趕開。

「混蛋！」焦炭大罵。「連我都不認識了？」

守衛不認得他的臉，倒認得他的聲音，大驚道：「俞莊主？你……怎麼變成了這副模樣？」

總管單辟邪聞訊趕來，立將俞啖至迎入大廳：「快上剛運來的明前獅峰龍井。」

俞啖至一向愛喝茶，但現在茶一入口，全都是焦炭味，忙吐了出來：「味覺全變了。」

「莊主想吃些什麼呢？」

俞傚至苦臉：「只要一聽菜名，我就想吐。」

單辟邪也跟著唉聲嘆氣。他從洛陽的「天下第一莊」開始，就一直是俞傚至的左右手，去年六月全莊被官兵勦滅之後，來到開封的據點「登峰閣」，仍然盡心盡力，不離不棄。

俞傚至欣慰的說：「還好有你輔佐，我一統天下的霸業遲早可以完成。」

單辟邪上上下下的看了他好幾眼，囁嚅著：「莊主，屬下有句話不知該不該說？」

「你我之間有什麼話不能說的？」

「成霸業者都有霸王之相，莊主現在這樣子，將來登上金鑾殿，接受百官朝賀，豈不是天大的笑話？」

俞傚至楞住了，怎麼也不敢相信這個一向順服的部屬竟會露出這種態度。

單辟邪嘆道：「天下兩大富豪『南須北俞』，金陵的須盡歡在去年年底不知怎地沒了聲息，連須家莊都被燒光了。如今嘛，號稱北俞的『第五公子』也變成了一塊焦炭，唉，眞是世事無常。」一拍雙手。「老張、老王，取撫恤金一千兩來。」一面扭頭朝俞傚至笑道：「這是我當初替天下第一莊訂下的條例，第三級的撫恤金，對於一個廢物而言，算是挺優渥的了。」

俞傚至大怒：「你作死！」一把抓向單辟邪。

單辟邪身體一轉，露出本相，龍頭、獅身，背有雙翼，頭生雙角，突眼獠牙，鬃鬚如刺，原來是一隻貔貅。所謂「辟邪」便是此物的別名。

「當初你用我當總管，就是因爲我會聚財，我沒有肛門，只進不出，你的財富都是我幫你聚積起來的，現在你已經沒有資格享用了。」

單辟邪張牙舞爪，猛撲過來。

俞琰至抽出赭鞭、藥鋤應敵，幾招之後就發現自己的功力已大不若以往，被單辟邪的一雙獅爪撓得渾身炭屑直掉，只得三十六計走爲上策。

還是乞丐好

時已深夜，夜市裡的遊人依然摩肩擦踵。

俞琰至拖著步子走入人群，大家都嫌憎的閃到一邊。

他曾是中原最有名的第五公子，面如冠玉，風華絕代，是多少婦女心目中的偶像，現如今，比條癩皮狗還不如。

幾個乞丐圍了過來。「這裡一定討不到東西吃，跟我們去未來的丐幫大院吧。」

俞琰至心想：「還是乞丐好些，不會狗眼看人低。」

丐幫幫主芝麻李可沒那麼和氣，一看見他就捧腹狂笑：「俞公子，還認得我嗎？我曾經是天下第一莊『天』字號的賓客，後來殘廢了，你就把我連降八級，最後只給了我四百兩撫恤金就把我趕出去。」

乞丐們都罵：「原來這麼壞？這個連臉都沒有的鬼，還當過什麼公子？這回你拿了多少撫恤金啊？」

俞燄至氣得高舉起拳頭。

芝麻李冷笑著大聲嚷嚷：「第五公子打乞丐囉！大家快來看，第五公子打不了別人，只能打乞丐！」

俞燄至暗忖：「我果眞已淪到這種地步了嗎？」手一軟，再也耍不了狠，轉頭衝出大院。

眾乞丐兀自在他背後大罵：「弄得滿院都是燒焦味，臭死啦！」

好死不如歹活著

十殿閻王因事態愈來愈嚴重，開了一連串的大會，討論如何應付菌人的反攻。

俞燄至歪七扭八、渾身落屑的走了進來。

閻羅王道：「姓俞的，上次你拍胸保證能夠滅掉女媧，到底進行得怎麼樣了？」

楚江王冷哼：「瞧他這德性，連女媧的一根手指頭都扳不動。」

都市王道：「你還來幹啥？」

俞谿至哭得很傷心：「我現在雖然不會死，但搞成這樣，簡直生不如死，你們還是讓我死掉算了。」

轉輪王罵道：「一下子想活、一下子又想死，你到底想怎麼樣？」

泰山王嘆道：「年輕人，奉勸你一句：好死不如賴活著。」

卞城王插科：「好死不如炭活著。」

秦廣王道：「而且，生死簿已經被偷走了，即使我想要註回你的死籍，也沒辦法了。」

俞谿至大驚：「所以我現在想死也死不了？」

十殿閻王齊答：「正是如此。」

想見活佛的代價

羅達禮居住的客棧被菌人重重保衛。

俞谿至一走過來，在最外圍布下防線的小狐狸就「吱吱」叫著亂躲。

毛大腿罵道：「你們怕什麼？只不過是一個送煤炭的。」

俞谿至悶悶道：「各位菌人小哥，我想找羅達禮。」

彭大奶道：「羅活佛豈是輕易能夠見到的？你這鬼物快快退去！」

「活佛？」俞谿至冷笑。「他拿了一件不該拿的東西，總該物歸原主了。」

正說間，恰好莫奈何、項宗羽前來分攤守衛之責，一眼看見他，大驚失色：「你居然又沒死？」

項宗羽翻手拔劍就攻了過去。

俞燄至梟雄本性，雖然不想活了，但也不願在這個最主要的敵人面前示弱，赭鞭、藥鋤同時出手，猛迎而上。

但他功力大減，已無法承受湛盧寶劍的犀利劍風，炭化的身軀片片脫落，又見莫奈何在旁想掏蓋天印，嚇得他且戰且退。

項宗羽怎肯放過，一路追殺下去。

總裁出馬

在房中照顧父親的黎翠聽見外面響動，走出查看，正碰上羅達禮。

「沒事了，入侵者已被趕走。」羅達禮關心詢問。「令尊的病情如何了？」

黎翠愁眉深鎖：「他的身體狀況已漸趨穩定，但是心病難癒，昏迷中一直叫著『胖娃』，如果姐姐能出現在他身邊，我想一定會有很大的幫助。」

羅達禮暗想：「人死怎能復生？」然而想起俞燄至明明已經死了兩次，卻依舊能夠活蹦亂跳的出現，不禁有些發怔。

黎翠又道：「地獄既有生死簿，也困住了許多死魂靈，所以我在想，能不能進去找我姐姐與母親？」

羅達禮乾咳道：「這……太冒險了。」

「只要能找到她們，冒再大的險，我都願意。」

陶大器忽從地下鑽了出來，得意的笑道：「十殿閻王被我們逼得沒法可想，剛剛派了白無常來，要跟我們再約談判。」

羅達禮道：「不是已經跟他們說過，女媧大神不屑與他們談判嗎？」

「他們這回只想跟菌人的首領先談談。」

「菌人哪有什麼首領？」

陶大器伸手一指：「就是你呀。」

羅達禮敬謝不敏：「我哪有這個資格？」

陶大器道：「你是善惡評論小組的總裁，比誰都更有資格。」

羅達禮還想推辭，黎翠忽道：「羅教頭……不，羅公子，你就去跟他們談談，我正好跟你一起去，我要當面問問他們，我娘跟我姐的下落。」

莫奈何走了進來：「我跟你們一起去。」

櫻桃妖在葫蘆裡怒罵：「你又不愛惜自己的性命，老是往渾水裡蹚。」

莫奈何重嘆一聲：「人類活得好累！活著的時候要受司法的審判、女媧的審判、宗教的審判，死了還要再受地獄的審判，所以我覺得這次總得找回一些人類的尊嚴。」溫柔的拍了拍葫蘆。「櫻桃，我知道妳怕鬼，妳不去，沒人會笑話妳。」

櫻桃妖更怒：「別以為我不曉得你打些什麼主意，我不在，你就可以跟黎妹子勾搭，告訴你，你不會有這種機會的。」

總裁與閻王的談判

卞城王在地下總部的廣場上等待。

十殿閻王討論的結果，認為女媧若不親自前來，就用不著擺出大陣仗，所以只派出卞城王為代表。

陶大器帶著羅達禮、黎翠、莫奈何來了：「這三位是我們的總裁與左右大護法。」

卞城王一聽「總裁」二字，心就先虛了一半，涎笑道：「本王此次專為講和而來，並取回被菌人偷走的生死簿。」

陶大器站在羅達禮的上衣口袋裡，悄聲道：「這傢伙很沒膽子，你可以嚇嚇他，先占上風。」

羅達禮便大剌剌的說：「第一，你們要先退出菌人國的區域。」

卞城王點頭道：「當然當然，我們早已打算撤兵。」

「第二，生死簿不能還，以後人類的陽壽由他們自行處理。」

卞城王一楞：「這……怎能如此？」

「女媧大神創造人類，生老病死，自有定數，用不著你們插手。」羅達禮厲聲道。「再者，從前的人類死了就在黃泉生活，為何現在要接受你們的審判與刑罰？」

卞城王皺眉道：「總裁此言差矣，陽間不也是有懲治惡人的律法？」

羅達禮正色道：「你們是等到人死了之後才審判，而不管他們活著的時候為善為惡；我們則是要讓活著的人變得更好，這其中的高下優劣，毋須我明言。」

卞城王冷笑不絕：「陽間的律法可有讓人類變得更好？」

莫奈何搶道：「我們正在努力當中，菌人發明的本性替換法已經證實有用。」

卞城王愈發冷笑：「這不是重點。據我所知，菌人的善惡標準大有問題。就拿你來說，你在善人榜與惡人榜上都名列第八，豈不荒唐！」

羅達禮等人俱皆驚忖：「他怎麼知道得這麼多？」一時之間都回答不出他這一針見血的指控。

黎翠在旁忽道：「菌人的善惡標準確實有瑕疵，所以我們今日想要觀摩一下地獄的審判，看看你們的善惡標準訂得怎麼樣，他山之石可以攻錯，也許對我們有所幫助。」

羅達禮知她想乘機進入地獄去尋找母親與姐姐，連忙點頭：「對對對，若果地獄的善惡標準能讓我們服氣，我馬上歸還生死簿。」

卞城王沉吟半天：「好吧，你們隨我來。」

地獄一日遊

當初俞啖至打開的大洞直通第一殿，此番卞城王帶著他們從頭走起，首先來到一座橫跨大河的石橋之前。

卞城王介紹著：「此橋名爲『奈何橋』……」

莫奈何笑道：「在下何德何能，你們竟然用我的名字替這座橋命名。」

石橋左邊另有一座金橋，右邊還有一座銀橋。

卞城王道：「投胎轉世之人也要從這裡經過，走過金橋的人，將來有權有財；走過銀橋的人，將來有福有壽。」

牛頭、馬面把守著石橋橋頭，見了羅達禮都面露驚恐。

羅達禮笑道：「兩位好啊，又見面了。」

馬面直往後躲：「你別過來，我的屁股還在痛。」

卞城王暗道：「這個『總裁』挺厲害的，可別惹惱了他。」嘴上罵著：「貴賓前來參觀，你們閃遠點。」

黎翠走上橋面，俯首一看，橋下流的不是水，而是腥臭的鮮血，裡面還有許多毒蟲蛇蟻，萬頭攢動，好不噁心。

「這是『血河池』，罪孽深重的人一進來，就先往橋下一推，讓他們嘗嘗下馬威。」一個老太婆蹲在對岸，專心的煮著一鍋東西。

卞城王道：「那位便是孟婆，從那邊過來要去投胎的人，都要先喝她煮的一碗湯，便可以忘卻前世之事。」

莫奈何笑道：「我還以爲她在煮痲婆豆腐呢。」

過了橋，就進入秦廣王掌管的地獄第一殿。大殿上冷冷清清的，沒半個人。

莫奈何明知故問：「今天的生意不太好哦？」

卞城王瞪他一眼：「派出去的勾魂使者都被菌人打跑了，當然沒什麼人來報到。」

殿後傳出棒打人犯的痛叫之聲。

卞城王緊接著笑道：「你們雖然偷走了十大城市的生死簿，但我們仍有十大城市之外的鬼魂可以拘拿。」

帶著他們轉入大殿後的行刑處，兩條新到的鬼魂正跪在秦廣王面前接受棒毆之刑。

黎翠問著：「他們二人犯了什麼罪？」

秦廣王大剌剌：「人犯來此，先棒打一頓再說。」

黎翠皺眉：「這就是你們的善惡標準？不問青紅皂白，就先動刑？」

秦廣王哼道：「人類活得太舒服了，當然得先教訓一下。再說，只要是人，必然有罪，程度不同而已。若是不信，可來此觀看。」

秦廣王帶著他們走上一座掛著「業鏡臺」匾額的高臺，上面懸著一面大鏡子。

「這面業鏡能夠照出他倆今生所造之業。」

羅達禮等人瞪著那鏡子瞅了半天，什麼都沒有。

莫奈何道：「我只看見你那不怎麼漂亮的尊容。」

秦廣王哼道：「你們沒慧根，當然無法看見鏡子所呈現的畫面。」

羅達禮冷笑：「這是和尚、道士慣常用來糊弄人的藉口，不想你們也來這一套？」

秦廣王咳得脖子都粗了。

卞城王悄聲道：「這總裁厲害得緊，千萬不要班門弄斧。」

秦廣王直揮手：「快把他們帶走。」

明察秋毫

鬼卒牽著那兩條新鬼，跟隨眾人來到第二殿。

這裡是殺生地獄，由楚江王掌管。

鬼卒上前稟報：「人犯帶到。」

楚江王高踞審判臺，看著卷宗，懶洋洋的說：「杜丹，你可知罪？」

名喚杜丹的鬼魂是個瘦小的老頭子，一臉陰森狡猾：「小老兒一生清白，不曾犯過什麼罪。」

楚江王猛一拍案：「你這輩子殺過多少人？快快從實招來！」

杜丹大聲叫起屈來：「小老兒只是個普通的莊稼人，哪有殺過人？」

楚江王喝道：「滿嘴謊言！你十三歲拜入『崆峒派』，武術學得不錯，最擅長輕功，得了個『鬼影子』的外號。」

旁邊的鬼卒都大罵：「憑你也配稱鬼，真是褻瀆地獄。」

楚江王續道：「你十七歲的時候跟著掌門人前往『岐山派』尋釁，一天之內就殺了三個岐山子弟。」

杜丹渾身一震，心道：「閻王果然厲害，什麼事情都逃不過他們的鬼眼。」嘴上辯解：「那都是掌門人的指派，我不得不從。」

楚江王冷笑：「兩年後，你藝成下山，去至長安，仗著一身輕功，四處行竊，一晚在一家姓汪的宅院裡，被護院發現，你就使出重手，殺了兩名保鏢，難道這也是掌門人命令你的嗎？」

杜丹著實傻住了，渾若一尊土俑。

楚江王又一一列出他歷年來殺過的人，杜丹愈聽愈心驚，身子也愈伏愈低，到了最後竟五體投地，連氣兒都沒了。

黎翠在旁發問：「杜老丈，他的指控都對嗎？」

杜丹一邊顫抖，一邊直勁點頭。

卞城王得意的說：「怎麼樣，咱們地獄不是幹假的吧？」

楚江王一拍驚堂木：「人犯杜丹已然俯首認罪，即刻行刑。」

鬼卒們把杜丹拖往殿後，羅達禮等人都跟了過去。

殿後的行刑處有不少舊鬼，都被綁在木架上，幾名鬼卒不斷的用刀砍去他們的手腳，鬼魂們痛得哇哇叫，但過沒多久，四肢又生長出來，鬼卒們便又再砍一次，如此周而復始，不知已經歷了多少歲月。

卞城王道：「罪輕的，砍一百年；罪重的，砍一萬年。這個杜丹嘛，可能會被砍個兩萬一千零六年。」

黎翠走到那些舊鬼前，又問：「你們確實都有犯下殺生之罪？」

舊鬼們都哭著說：「閻王老爺明察秋毫，我等服罪。」

欺騙的形成

羅達禮等人跟著剩下的那條新鬼來到第三殿，這裡是欺誑地獄。
宋帝王高高在上：「人犯何名？」
這鬼是個中年漢子，倒像是個老實人：「小人孫阿水。」
「你的本職是什麼？」
「我原先是個車伕。」
「你去年四月有沒有載過一個名叫文載道的白癡讀書人？」
孫阿水哭了出來：「閻王老爺，我一輩子就只做過這麼一件虧心事，我眞的很後悔！」
莫奈何在旁聽見，忙問：「你把他怎麼啦？」
那文載道是他的老朋友，後來得到了后羿神弓，成爲天下第一神箭，不想他曾經被這個孫阿水欺騙過。
孫阿水道：「文公子是個大好人，但是有點呆……不，是非常非常的呆，什麼事情都記不住。」
莫奈何道：「他本來是江南二大才子之一，後來摔壞了腦袋，但是現在又修好了，比從前更聰明呢。」
「我怎知曉？」孫阿水苦著臉。「那日他從洛陽出發，要尋名醫醫治他的腦袋，第一夜投宿旅店，我跟我的伙伴魏阿火把車上的十八個箱籠全都搬了下來，清點時，他說他以爲只有十五箱。魏阿火出來後就笑著說，早知道我們就不用全部都搬了。第二夜，阿火故意留了一箱在車上，他果然沒發現。」

羅達禮嘆道：「這就是欺騙的開始，從最小的地方一點一點累積起來的。」

孫阿水哭道：「我們本來只是想省點力氣。閻王老爺，我跟阿火從來沒騙過人，但是碰到文公子這樣的人，好像不占點便宜就對不起自己。」

宋帝王笑道：「確實如此，我有時候也會有這種想法。」

孫阿水又道：「第三夜晚上，我們只搬了十三箱就餓了，先跑去吃飯，然後才去跟文公子報到，他又以爲箱籠全都卸下來了，還謝謝我們。出來後，阿火就說，明晚乾脆只卸一箱就可以啦，我卻說……我卻說……嗚嗚，明晚乾脆一箱都別卸，等他進了房，我們就把馬車駕走，反正他又不記得我們的名字，也不記得我們的車行，日後他想找我們也沒地方去找……」

宋帝王臉一板：「所以都是你的主意？」

「閻王老爺，都是我不好。」

「好，本王判你勒頸一百年。」

羅達禮忙說：「這人其實還算厚道，又肯認錯，一百年太久了。」

莫奈何也說：「文載道根本不在乎那些金銀財貨，而且他也忘了這些事兒，你又何必追究得太過嚴厲？」

宋帝王道：「既然貴客這麼說，就少判他一年。」

眾人來至殿後，舊鬼都在接受勒頸之刑，勒死一次，活過來又勒一次，重複不已。

黎翠又問眾舊鬼：「你們確實有罪？」

眾鬼點頭不迭：「我們沒被冤枉，該當受罪。」

莫奈何悄聲道：「這地獄挺厲害的，不用像菌人那般勞師動眾，需要三千多萬個菌人、三千多萬隻小狐狸，才能監視住人類。」

陶大器頗覺奇怪：「鬼卒的數量並不很多，他們有關人類的資料爲何能夠收集得這麼齊全？」

望鄉

眾人來到第四殿商業地獄。

五官王坐在堂上直撫額角，頭痛非常，因爲彭摳蚊、蔣摳針、汪摳門三人又跪在堂下吵鬧。

卞城王道：「生意人最不老實，死了也不肯認帳，這一殿不看也罷。」

帶著他們來至第五殿，由閻羅王執掌的謗神地獄。

羅達禮瞅見旁邊又有一座高臺，名曰「望鄉臺」。「那兒真的可以望鄉嗎？」

莫奈何哼道：「又跟那什麼業鏡一樣，騙人的。」

閻羅王冷冷的說：「你們可以站上去看看自己的故鄉。」

羅達禮首先站上高臺，往下一望，果然看見自己的洛陽老家庭院，母親在樹下做女紅，胖貓寶丫在青草地上追逐蜻蜓、蝴蝶，兒時的自己與霍鳴玉一起玩耍，兩小無猜，笑聲滿院。

繼而他又看見自己長大後在霍家的荷花池邊遇見霍連奇的三姨太，他摘了一朵荷花送給三姨太，三姨太欲拒還迎，他便上前握住她的手……

他匆忙轉開眼光，卻見莫奈何與黎翠也已站上高臺，他一陣慌亂，生怕他們也會看見這不堪的景象。

後方的閻羅王冷冷道：「放心，各人只看得見自己的家鄉。」

卞城王在他身邊悄聲笑道：「將來你若來此，第九殿的邪淫地獄定會等著你。」

陶大器從羅達禮的上衣口袋探出頭來大罵：「休得對我們總裁無禮。」

莫奈何站到臺邊，見到的則是括蒼山「玉虛宮」，自己每天生火、掃地、洗衣，還要被三個師兄欺負。

又看見自己首次在銀莎江邊碰到梅如是的時候，心臟跳得比躍池青蛙還快。

櫻桃妖在葫蘆裡罵道：「我就曉得你只會想起那個小賤人！」

莫奈何聽到她的聲音，便又看見自己離開師門下山的那一天，首度遇見櫻桃妖，她把自己騙入小鎮客棧，百般勾引，抓起他的手，放在她粉嫩的大腿上，然後牽引著一直往上、一直往上……最後，櫻桃妖索性整個身體都貼了過來，他慘叫著逃出房間。

櫻桃妖又罵：「你這呆子，那天你若順了我，也不用我這一年多來花這麼多手腳，還要跟著你下地獄。」

莫奈何悄聲：「到了這裡，妳還不老實一點？」又問：「妳看見了什麼？」

櫻桃妖唉道：「不就是當年掛在樹枝上，成天看著牛羊馬驢在樹下尿尿，整整看了七千年。」

羅達禮、莫奈何轉身朝臺下走，黎翠仍呆呆的站在臺邊往下望。

她看見母親模糊的影像，又看見姐姐黎青跟自己在百惡谷中共同度過的那段歲月。黎青長得很胖，零嘴不離身，整天卡滋卡滋的吃甜食，自己偶爾會把那些東西藏起來，逗得黎青到處翻找……

黎翠走下臺來，「咕咚」跪倒在卞城王面前：「小女子黎翠，母親與姐姐也許都在這裡，不知可有辦法尋找？」

卞城王這下可跩了：「已經收進各殿的鬼魂，沒法找。」

黎翠飲泣：「懇請大王成全小女子的心意，這輩子做牛做馬我都願意。」

卞城王更翹鼻子翻眼睛：「妳給我洗腳也沒用！」邊自尋思：「菌人國的大護法對我卑躬屈膝，以後可有得好炫耀了。」

莫奈何怒道：「你這死鬼，給你臉，你當枕頭使？」翻手取出蓋天印。

這法寶一拿出來，可讓卞城王嚇了一大跳；羅達禮也掏出了五色石，大喝道：「你到底找是不找？」

卞城王忙把頭一低，諂笑道：「地獄裡的鬼魂何止億萬，就算要找，也非一時半刻就能有結果。」

「那就快派人去找。」

卞城王只得央請掌簿判官回第一殿去查閱資料，一面不懷好意的盯著羅達禮，陰笑道：「你們還敢繼續參觀嗎？」

羅達禮心想：「這傢伙不知又要攪什麼鬼？」

莫奈何已先搶著說：「繼續就繼續，誰怕誰來著？」

讀書的用處

卞城王帶著眾人來到第六殿：「這兒就是本王的管轄範圍——貪污地獄。」

在殿後受刑的鬼魂，生前都是貪官，他們把雙手放在一個裝滿了米色蛆蟲的血盆裡，蛆蟲從他們的手指鑽入，順著血管一直鑽入五臟六腑，最後鑽入頭顱，由七竅中鑽出。

卞城王故意領著他們走到一條鬼魂面前，停下腳步。

羅達禮凝目一看，此人竟是他的父親，前任洛陽知府羅奎政！

「爹？」羅達禮大叫。

羅奎政大喜：「禮兒？你是來找我的？快想個辦法讓我轉世投胎！」

「原來卞城王是想藉此讓我丟盡顏面。」羅達禮既慚又怒，嘴上應道：「我可以替你求情，但你要答應我，以後別再貪污了。」

羅奎政一怔之後，暴怒如狂：「我熟讀聖賢之書，好不容易當上了大官，你卻叫我不要貪污，那我當初幹嘛要讀書？」

羅達禮楞住半天：「爹……如果你還要貪污，下輩子死了之後又會來這裡受罪，何必呢？」

「我若不貪污，轉世為人之後要做什麼？乞丐嗎？」羅奎政連呸唾沫。「你這個不肖子，死沒出息，書都讀到屁股裡去了！你滾吧，我再也不要看見你。」

檔案的來路

羅達禮失魂落魄的跟隨大家來至第七殿妄言地獄，主管是泰山王。

忽見鬼卒押入一個新鬼，好生眼熟，竟是朱老實！

原來他從菌人的地下總部出來之後，不敢再留在開封，返回鄉下老家，結果恰被勾魂使者逮個正著。

朱老實上前跪倒，泰山王慢條斯理的在座上翻閱卷宗。

莫奈何搖頭道：「眞所謂在劫難逃，你若不回老家，現在還能活得好好的。」

朱老實倒挺豁達：「生死自有定數，老兒無怨無悔。」

泰山王看完卷宗，瞪向剛剛抓他來的勾魂使者：「你們爲什麼要捉拿他？」

使者瞠目。「我們都是按照生死簿行事……」

泰山王拍案大罵：「此人一輩子沒說過一句謊話，來此何爲？」

判官咳道：「既如此，該放他還陽。」

泰山王大筆一揮：「放。」

在羅達禮口袋中的陶大器愈想愈不對，不管三七二十一的大聲道：「這個朱老實本性最愛撒謊，小時候不知撒了多少謊，你們怎麼都不知道？」

泰山王呆住了：「這……眞的嗎？」

陶大器道：「你們自己問他，確也不確？」

沒等眾鬼發問，朱老實便先回答：「我在菌人的檔案室裡就已經說過了，我是有一次被雜貨店老闆毒打之後，才不說謊的。」

泰山王深吸一口氣：「本王內急，先去方便一下。」起身急急走向殿後。

莫奈何見他神情蹊蹺，悄聲道：「櫻桃，偷跟過去看看，行唄？」

櫻桃妖最不願與鬼打照面，但她的偵探熱情更勝於恐懼，便化作一縷紅煙，悄悄跟在泰山王後面，幸好地府陰暗，不容易被鬼發現。

泰山王滿頭大汗的退到殿後，大叫：「探聽鬼在哪裡？快給我出來。」

幾個身材矮小的鬼跑了過來。「大王何事？」

泰山王道：「你們去偷看菌人的檔案，爲什麼沒看齊全？」

探聽鬼們忙道：「不會啊，我們每次都偷看得仔仔細細，唯恐漏掉半絲半毫。」

原來各殿閻王每晚都會派出數十個探聽鬼去偷看菌人的檔案，所以才會對每一條新到鬼魂的今生前塵瞭若指掌。

那日朱老實在檔案室裡自我招供的那段往事並沒被菌人列入紀錄，所以探聽鬼們當然不知道。

櫻桃妖暗笑著溜回來，把這事兒告訴大家。

陶大器大怒：「怪不得地獄要設在我們總部的下面，原來是爲了方便偷竊！」

黎翠氣得直逼卞城王面前：「我還當你們有著通天的本領，原來你們只會偷別人的東西。如此地獄，憑什麼審判、拘禁人類的靈魂？我們前來觀摩你們的善惡標準，結果只觀摩到一群毛賊的偷竊技巧！」

卞城王被罵得抬不起頭。

泰山王回來了，居然遷怒朱老實：「都是這個姓朱的搞出來的麻煩，把他拖下去受拔舌之刑。」

莫奈何怒道：「你剛才已經判他還陽，竟想出爾反爾？」

泰山王沒轍兒，只得吩咐鬼卒把他送回陽間。

黎翠又節節進逼：「你們這群賊，還不快告訴我母親與姐姐的下落？」

卞城、泰山兩王正惶然無計，恰好掌簿判官回報：「令堂不在我們這兒，令姐黎青則在第八殿受刑。」

黎翠救姐

黎翠快步飛奔到第八殿的殿後行刑處。

這裡排列著幾十個非常巨大的油鍋，許多條鬼魂懸吊在鐵鍊上，在油鍋上方不停旋轉，鐵鍊每隔一炷香的時間就會緩緩降下，將掛在上面的鬼魂浸入油鍋中煎炸，再一炷香後，鐵鍊升起，鬼魂已被炸成了油條一般的東西。

此刑亦是不斷循環，鬼魂的淒厲叫喊充斥耳鼓。

黎翠大叫：「姐，妳在哪裡？」

莫奈何眼尖，看見一個圓滾滾的少女被掛在遠處，忙用手一指。眾人跑過去，果是黎青，她剛被炸過一次，活像一顆油爆蝦球。

黎翠心痛極了，這是她最親愛的姐姐！

她縱身跳上鐵鍊頂端，拚死命想解開連接鐵鍊的鐵鎖，弄得雙手出血，鐵鎖與鐵鍊仍堅固如常。

莫奈何站在地下發問：「青姑娘，妳怎麼會被弄來這裡？」

黎青既虛弱又沒好氣：「我要是知道就好了。」

她去年被花月夜所騙，死時仍恍恍惚惚，魂魄竟被勾魂使者帶來地獄。

「大膽！」掌殿的都市王匆匆行來。「你們在幹什麼？」

黎翠解不開鐵鎖，氣洶洶的跳到他面前：「我正要問你，我姐姐犯了什麼罪？」

都市王發現她詢問的是黎青，立刻變得囁囁嚅嚅：「她……當然有罪……」

黎翠又問：「這是什麼地獄？」

都市王道：「此乃不孝地獄。」

黎翠大驚：「我姐姐怎麼可能不孝？她為何在此受刑？」

都市王結結巴巴的說不出個所以然。

黎翠一把抓住他的衣領：「你倒是說話啊！」

「那只是因為……」都市王又支吾半天。「只是因為她身上的油多！」

黎翠氣得七竅生煙，扠開五指，一掌打在他臉上，差點沒把他的鼻子打扁。

都市王慘叫：「臭婆娘，恁地兇惡！」

翻手掏出「玫火筆」，一筆朝黎翠點來，筆尖綻放出一朵朵玫瑰般的火燄，正如落花繽紛，忽上忽下、飄搖流移的燒向敵人。

黎翠從懷中抽出八支金針，雙手一揚。

黎青掛在鐵鍊上大叫：「這些鬼王都是魂魄之精，沒有穴道，要刺他們的眼睛。」

黎翠瞬即改變方向，八針齊射都市王雙眼。

眼睛是所有神、鬼、妖的靈力凝聚之處，有針射來，自是令對手驚心動魄，弄得都市王手忙腳亂。

卞城王見勢不妙，也取出「冰尖筆」，一點就是一撮冰尖，刺人於無形。

雙方夾擊，黎翠頓落下風。

莫奈何忙拿出蓋天印，羅達禮也拿出了五色石，但這兩件法寶都打不了鬼，只能阻止他們接近，派不上什麼用場。

都市王手一揮，殿頂降下一片火網，罩向黎翠頭頂。

黎青驚叫：「翠兒快逃！」

羅達禮見黎翠遇險，奮不顧身的衝過去，撐開女媧寶傘，遮在她頭上，那火被寶傘擋住，燒不下來。

黎青叫道：「這種鬼火最是歹毒，凡人一沾上身就化爲灰燼，你們千萬不能把身體的任何一部分伸出去！」

都市王哈哈大笑：「你們兩個倒像是雨中情侶，共撐一把小雨傘，倒要看你們能撐多久？」

躲在羅達禮口袋中的陶大器罵道：「明明是三個，眼睛瞎了嗎？」

鬼火愈燒愈烈，傘下三人果眞像淋了雨似的，渾身溼透。

黎青又嚷：「死小莫，還楞在那兒幹什麼？快去討救兵。」

莫奈何回過神來，高舉蓋天印，逕向外奔。

卞城王想追，莫奈何把金印往他臉上一照，燙得他直往後退，鬼卒們更不敢近他的身。

莫奈何循原路鑽出大洞，奔回客棧。

黎翠臨走之前，拜託梅如是替她照顧父親，此時竟見莫奈何慌慌張張的一頭撞入：「項大哥呢？」

「他還在外頭追緝那俞箚至……你怎麼了？翠兒呢？」

莫奈何團團轉：「我們找到了黎青，但是現在連翠兒都被困在了地獄裡。」

梅如是驚得手中藥碗摔碎在地下。

半昏迷狀態中的黎靈桂聽見兩人交談，竟然醒了，掙扎起身：「帶我去崑崙山。」

莫奈何再入天庭

「野鷹一九七」飛車急如星火的飛越萬里，來到崑崙山頂一棟金黃色菱形十二面體建築的前方。

梅如是好奇張望：「這兒就是崑崙天庭？」

「沒錯。」莫奈何見黎靈桂仍很虛弱。「大伯，你躺好。我們先進去找人出來扛你。」

這是莫奈何第二次來到崑崙天庭，老馬識途的進入大廳。

長了一根狗尾巴的「長乘」迎上來：「小莫，真高興又看見你。」

「快去把你們的老朋友犁䰢之尸搬進來。」

當然不費舉手之勞，黎靈桂就躺在了大廳裡，一堆神圍著他嘰嘰呱呱：「聽說你被西王母打傷了？一萬年沒看見你，聽說你戀愛了？聽說你生了兩個小女娃兒？……」

梅如是急道：「各位大叔，還有時間嘮叨？救人要緊！」

眾神都回頭瞪著她。「這就是女娃兒其中的一個？長得眞好，跟老爸一樣俊。」

渾身豹紋、耳朵上戴著兩隻金耳環的「武羅」，咧開一嘴又白又小的牙齒：「妳跟妳爹一起住到山上來，我們這兒就熱鬧多了。」

莫奈何忙道：「她不是黎大伯的女兒，她姓梅……」

最愛唱歌跳舞的「帝江」猶如一顆黃色的皮球滾了過來，邊滾邊發出丹紅色的火燄，上面還長著六隻腳、四隻翅膀：「姓梅的？原來是你的心上人？讓我瞅瞅。」

鬧得莫、梅二人臉紅脖子粗。

武羅、長乘、帝江這三個神跟莫奈何最熟，當然知道他的隱私。

黎靈桂無力的罵道：「你們這些傢伙別鬧了，我的兩個女兒正身處險境！」

眾神都一呆。「怎麼回事？」

莫奈何便把黎翠下地獄救姐姐的事情說了一遍。

武羅登即暴跳：「那些閻王竟敢欺負犁䰠大哥的女兒？走走走，我們去打他們一頓！」

形狀像牛，生著八隻腳、兩個頭、一條馬尾巴的「勃皇」道：「我早就看不順眼閻王恫嚇人類，什麼玩意兒……」

話沒說完，就聽一個陰惻惻的聲音道：「我們從未招惹崑崙山上的諸位大哥，爲何要把話說得這麼難聽？」

眾神回頭一看，是第五殿的閻羅王來了。

勃皇嚇得躲到桌子後面，笨拙的八隻腳踢翻了十幾張椅子：「剛剛那句話不是我說的，別來找我！」

史上最大騙局

武羅蹦到閻羅王面前：「你今天給我說清楚，你們爲什麼要欺負人類的靈魂？」他對人類最有好感，一直都在暗中伸出援手。

閻羅王悠悠道：「惡人受罰乃天經地義，何來欺負之說？」

梅如是怒聲道：「黎青妹妹被關在不孝地獄裡受罪，她怎會犯下那種罪？」

閻羅王羞紅了臉，但他臉皮太黑，旁人竟看不出來：「誤判、冤獄都是常事，陽間更經常發生，等我回去自會改正。」

長乘哼道：「改正的方法就是把你自己丟進油鍋裡去炸。」

這時，天帝出來了，寬鬆的白袍掩蓋住他已然肥腫的小腹，他慵倦的掃視全廳：「何事喧鬧？」

閻羅王上前行了一禮：「在下閻羅王，一向未曾拜訪過崑崙山，先此致歉。」

天帝皺眉道：「我們跟地獄從未有交往，你跑來做什麼？」

閻羅王好聲好氣的道：「我是來結盟的。」

眾神都一呆。「結什麼盟？」

閻羅王偷瞄眾神一眼，壓低聲音：「可否闢室密談？」

天帝大聲道：「崑崙眾神之間沒有半點藏私，有話就在這裡說。」

眾神都嚷：「對啊，想要躲著偷偷說，分明滿肚子壞水。」

閻羅王只好乾咳道：「請問天帝，崑崙山若想重新出世立教，有沒有好人上天堂，壞人下地獄的這種規畫？」

天帝楞了楞：「誰說我們想出世立教？」

武羅搶道：「你問這些幹嘛？」

閻羅王在大廳中踱步：「請教大家，人類最難過的是哪一關？」

長乘搶道：「美人關。」

「不，是生死關。」閻羅王擺出雄辯的姿態。「人類對於死亡有著無比的恐懼，所以販賣永生的希望，已經成爲人間最大的事業體，人類爲了逃避死亡、獲得永生，付出的金錢遠超過其他各種費用。」

帝江不解：「你到底是在推銷什麼？我們這裡沒人要買東西。」

閻羅王續道：「但我覺得這還不夠，還要更加強人類對於地獄的恐懼，才能創造更大的利潤。我們已與佛教、道教、景教等合作多年，生意頗佳。」從懷中掏出兩疊紙張。「這是玉皇大帝與如來佛的同意書，他們都同意崑崙山加入這龐大的結盟事業。」

又意味深長的朝天帝擠了擠眼：「佛、道兩教都深知崑崙山的實力，不敢小覷，因此同意大家攜手合作，共同開創席捲全世界的大市場！」

天帝搔著頭，困惑不已。

澤神「延維」擠上前來，他的身體是蛇形，有著兩顆人頭，身穿紫衣，頭戴旃冠，一副謙謙君子之形，此刻卻如巨蛇也似齜牙吐信：「你這市儈！都是你從天竺來到中原之後帶來的餿點子。」

武羅也大罵：「什麼天堂、地獄，根本是你們聯手製造的騙局！」

閻羅王正色道：「地獄引起恐懼，天堂帶來希望，交互作用，有什麼不好？」

勃皇傻笑：「倒要問問，天堂該是什麼模樣？」

「各教自不相同。」閻羅王道。「景教的天堂在雲端上，有座大門，由一個白鬍白髮的老頭兒看守著，他把大門一開，就見一片聖潔的白光閃耀出來……」

「然後呢？」

「然後……就沒了。」

長乘笑道：「這種天堂想吸引誰呀？」

「佛教比較複雜一些，某些教派聲稱西方有極樂淨土，住在裡面的人都是菩薩，沒有痛苦，以甘露爲食……」

武羅哼道：「嘴裡可不淡出了鳥來？」

帝江搶道：「我曉得道教的天堂是何等狀況，那裡封建得不得了，就跟陽間一模一樣，玉皇大帝高坐龍椅，文武百官按部就班。人類活著的時候要跪拜皇帝、受衙門裡的貪官污吏剝削，死了以後還是如此，這種天堂有何樂趣？」

閻羅王諂笑道：「那就照你們崑崙山的現況，挺好的。」

延維莫名其妙：「我們這裡有什麼好？」

長乘悶悶道：「又沒有性生活。」

帝江悶悶道：「又沒有搖滾樂。」

武羅大叫：「自助餐雖然好吃，但吃多了膩死人。」

眾神都道：「而且我們不喜歡一大堆人擠進來，晚上吵得睡不著覺。」

閻羅王心忖：「他們人多嘴雜，再糾纏下去何時能了？」便一逕追問天帝：「您天縱英才，聖明果斷，就等你一句話。」

天帝想了半天，終於有了決定，沉聲道：「崑崙山不設天堂、不設地獄，現世就是天堂，亦是地獄！」

眾神喝彩：「還是我們的天帝高明！」

閻羅王跺腳：「唉，你……根本胸無大志，怪不得崑崙眾神會被人類忘記。」

眾神都罵：「你這奸商休得多言，快快滾蛋！」

「算我看走了眼。」閻羅王負氣離去。

武羅嚷嚷：「給那渾頭一攪，浪費了多少時間，我們到底要不要救犁魗大哥的女兒？」

武羅點將

天帝取出仙丹，治好了黎靈桂，又派武羅爲主帥，領軍討伐地獄。

武羅道：「給我多少人馬？」

天帝想了想：「他們有十殿閻王，我們就派十大將。」

武羅踋兮兮的登上點將臺：「犁魗大哥當然是一個，然後是長乘、帝江……」

長乘、帝江都握拳高喊：「必殺！」

武羅又點：「刑天！」邊自心忖：「有他一個就夠了。」

過了半晌，沒人回答，原來他根本沒來。

刑天是個卓然不群、桀驁不馴的傢伙，曾經被趕出天庭一段時日，鬧出不少風波，於一萬年前與天帝爭勝，被天帝砍掉了腦袋，而他以乳爲眼，以肚臍爲嘴，依舊能夠威震神妖兩界。

武羅跑到他的辦公區，但見他又窩在角落裡用他的肚臍大啃番石榴，涎沫都流到了褲襠上。

武羅大叫：「還吃還吃？快跟我們去打鬼。」

刑天呸了一口籽兒：「平常沒人理我，只要一打架卻就想到我。」

「就是因爲這樣，你才是我們崑崙山的頭號先鋒。」武羅揪住他的衣領就往外扯。

刑天對每個人都不假辭色，就是搞不過武羅這機靈小子，只得跟著他來到大廳。

武羅再度站上點將臺：「再來就是風神因因乎、延維、陸吾。」

「陸吾」的身軀是老虎，還有九條色彩斑斕的尾巴。

武羅心內計較：「這八個人就足夠把地獄翻過來，再弄兩個平常最懶惰的去鍛鍊一下。」嘴裡嚷道：「燭陰、勃皇。」

「燭陰」人面蛇身，紅色的身體長達一千里，他睜開眼睛就是白天，閉上眼睛就是黑夜，此刻他尚未睡醒，發出一聲不置可否的「嗯」？

勃皇塊頭最大、膽子最小，一聽自己被點名，忙往桌子底下躲。

天帝難得動怒：「你若不敢去，就派你去廚房打雜！」

崑崙十將大戰地獄十王

閻羅王回去後，立即召集其他九殿大王秣馬厲兵，嚴陣以待。

過沒多久，武羅帶著大伙兒衝入地獄第一殿。

不會驚天但絕對動地的戰鬥瞬間爆發。

武羅早就分派停當，崑崙眾神分頭找上自己的對手，不發一語的展開廝殺。

武羅最看不慣閻羅王剛才的德性，先就對上了他。

十殿閻王的武器都是筆，閻羅王手使一支「星光筆」，筆頭一點，流星滿天，星芒飛耀，星稜如刺，其實都是鬼火，歹毒異常。

渾身豹紋的武羅就像是一隻豹子，在亂飛的流星當中縱躍自如，他又取下了兩隻金耳環，迎風一晃，變成兩具直徑五尺的金輪，金輪怒轉，金芒滾滾如電閃光殛，反而讓擅於擾人耳目的閻羅王眼花撩亂，難以招架。

崑崙眾神除了武羅、刑天之外都不用武器。黎靈桂因爲都市王無理囚禁黎青，自是仇人見面分外眼紅，都市王手中的玫火筆縱然狠辣，但黎靈桂先是被靖人囚禁了十三年，一肚子惡氣沒處發洩，此刻全都轉移到都市王頭上，每一拳都用上全力，尤其他那雙馬腿更是厲害，總是能從意想不到的角度踢過來，踹得都市王叫苦連天。

帝江皮球似的滾向轉輪王：「聽說你會玩轉輪，咱們就來轉轉看。」

轉輪王的「水晶筆」變幻莫測，筆尖抖出一圈圈的光輪，小圈連小圈，大圈綴大圈，大圈又套小圈，小圈又變大圈，一圈一圈的圈圈，只要被其中任何一圈圈住，就永世不得脫身。

然而帝江的身體就是一顆球，什麼圈圈也別想套住他，這顆球還會發出火燄赤光，把那些水晶圈圈全都燒成了泡沫。

長乘碰上了平等王的「龍鬚筆」。長乘最厲害的就是他那根狗尾巴，狗尾上的茸毛掃上文綴綴的筆尖，恰似竹掃帚掃過含羞草，摧殘殆盡。

風神因因乎的對手是宋帝王。宋帝王的「繡刀筆」最大桿、最威猛，可以當成大砍刀來耍。因因乎的本領就是吹風，不急吹小風，一旦被逼急了，就亂吹大風，宋帝王搞不清楚他的風向，幾吹之後，連繡刀筆都被吹不見了。

延維挺著兩顆頭，蛇身遊向楚江王。楚江王的「金寒筆」一點就點中了他的一顆頭。

這頭罵另外一顆頭：「你怎麼不幫忙？」

另外一顆頭道：「我們老是吵架，爲什麼要我幫忙？」

先一顆頭道：「吵架可以，但是打架的時候要統一對外。」
另一顆頭道：「原來如此，早說嘛。」
兩顆頭一起咬過去，把金寒筆咬成了三截。
陸吾直衝五官王，他的九條色彩斑爛的虎尾比五官王的噴花筆噴出來的花朵還要炫麗奪目，自然占盡上風。
燭陰的任務是擋住牛頭馬面、文武判官、日夜遊神、黑白無常、夜叉鬼卒等等鬼兵鬼將，不讓他們上前助陣。
他的身體有一千里長，多半還留在地面上，但鑽進地獄來的軀幹就已有一百多里，占據了大部分空間。他仍打著呵欠，一翻身就壓斷了武判官的腿，一呼氣就把牛頭吹上半空，再一吸氣又將黑無常吞到了肚內，鬼將鬼兵被他擠得無處可站，只能縮在岩壁的縫隙之間苟延殘喘。
勃皇分派到的對手是卞城王，兩人都膽小如鼠，卞城王拿著他的冰尖筆虛晃來虛晃去，勃皇就東蹦蹦西跳跳，兩人鼓搗半日，連一招都未交。
刑天一人敵住泰山、秦廣兩王。泰山王的「柳絲筆」、秦廣王的「虹紋筆」，都屬於陰柔一路，怎當得刑天手中的金斧銀盾乃是天下至剛至陽之氣凝聚鑄成，被他殺得丟盔棄甲，沒個躲處。

泰山王吃不消了，大叫：「退！」

神們與鬼們一路打過二、三兩殿，進入第四殿。

高臺上雖無閻王在判案，彭摳蚊、蔣摳針、汪摳門等三個鬼仍在臺下爭吵不休，這麼一堆人打進來，把三人的鬼魂攪成了碎片。

這一陣激戰，弄得整座地獄頂上落石、地面崩裂，連地底的熔漿都蠢蠢欲動。

寶盒失竊記

開封城內的居民感受到強烈的地震，都跑到城外的空曠處避難，驚魂未定，就見一條九尺高的大漢一搖三晃的走過來。

「好大塊頭，莫非就是他引起的地震？」大伙兒胡亂揣測。

這人正是剛從大人國回來，增大成功的成大腕。

他還不習慣如此龐大的身軀，步履笨拙，行動遲緩，勉強維持著平衡，好不容易走進廢棄的工寮，掀開虛掩的木板，從那個大洞鑽入菌人的地下總部。

那日靖人入侵，陶大器帶著他與櫻桃妖躲入倉庫，他便乘機將所有的機關都記下了，現在他走上通道，關掉沿路開關，輕鬆的進入倉庫，打開最裡面的那一層。

一塊兩個巴掌大小的血紅色金剛石放在壁櫃的正中央，表面已經過雕琢，被成大腕持在手中的火把一照，閃耀出萬條晶輝，滿室流轉。

成大腕興奮極了，先禮敬一番，再上前捧起，這金剛石一體成型，並不像是加工製造的盒子。

「這要怎麼打開？」成大腕捧著金剛石翻來覆去的瞧科半日，連開口處都找不到，再用力左旋右扭，仍動不了分毫。

「怎麼這麼難開？」又研究半天，全無頭緒。「只能去請教開鎖專家了。」將寶盒收入懷中，循著原路出去。

剛走到廣場上，就見菌人們帶著小狐狸圍了過來。

「哪裡來的野漢子？噴他！」

千萬隻小狐狸張嘴欲噴，又全都閉上了嘴，原來牠們都認識成大腕，當然不會噴自己人。

毛大腿定睛細瞅，發現這個大傢伙竟是昔日同伴：「喂，你怎麼變得這麼大？」

成大腕傻笑：「你們好小！我眞的曾經這麼小過嗎？」

焦大頭叫道：「我看見他從倉庫出來，不曉得偷走了什麼東西？」

成大腕不打誑語：「我拿了大神的寶盒，現在要找人去把它打開，毀滅人類。」

鄧大眼等人大驚。「這怎麼可以？大神說要在三月底才做出最後裁決。」

成大腕哼道：「大神的本意就是要毀滅人類，都是你們亂出主意，才讓她沉吟至今。我可等不了這麼久，現在就實現她的願望。」

成大腕大步往外走，毛大腿等人結陣擋在前面。「你休想取走寶盒！」

成大腕好言相勸：「快閃開。我們菌人從來不互相殘殺，現在我的手腳特別不俐落，不要讓我誤傷了你們。」

菌人們硬要攔，成大腕硬要走，大家都抱住他的腳，怎當得九尺高的壯漢，稍一動作就把他們拋飛老遠，只能眼睜睜的望著他鑽出大洞，揚長而去。

毛大腿跌足：「現在要怎麼辦？」

彭大奶道：「羅總裁那一干人都不在，只能去找項大俠。」

黎翠脫險

莫奈何的飛車當然沒有崑崙眾神來得快，而且他認爲黎青若要還陽，必須要有生死簿，便先回客棧取了那兩大袋文書，才與梅如是一起進入地獄。

這時十殿閻王已經敗退到了第八殿。

黎翠、羅達禮仍然撐著女媧寶傘抵擋火網的燃燒，但已手腳顫抖，體內的水分都已快被烤乾。

刑天跳起，一連八斧，劈開了火網；莫奈何、梅如是衝過去將兩人拉到陰涼處放倒喘息。

陶大器從羅達禮的上衣口袋中鑽出來直喘氣：「好險成了小魚乾。」

黎靈桂始終緊緊追擊都市王，趁著他慌亂，一腳將他踹倒在地，其餘九王繼續逃向第九殿。

黎翠掙扎起身，指著遠處的油鍋：「姐在那兒，快去救她！」

黎靈桂把都市王丟給武羅看管，跑到那油鍋前往上一看，一個圓滾滾的少女被吊在上面：「胖娃？」

黎青雖已不認識父親的容貌，但憑直覺就出聲大叫：「爹啊！」

黎靈桂借了刑天的金斧，跳上鐵鍊頂端，劈開鍊鎖。

定時開關

開封的「黑磨巷」裡有一家「無鎖不能」鎖店，大家都稱呼頭顱特別大的店主人為大南瓜。

這日地震過後，來了個身長九尺的大漢，動作笨拙的從懷中掏出一個東西：「老闆，幫我打開這盒子。」

大南瓜眼睛都直了。什麼盒子？明明是顆全天下絕無僅有的金剛石！

「媽呀，這寶貝最少價值一千萬兩黃金！」大南瓜腦中轉動著無數念頭，嘴上笑道：「大哥，它不是盒子，是世界上最堅硬的東西。」

成大腕堅持：「它是盒子，你幫我打開。」

大南瓜想著：「這傢伙是個大笨呆，怎生把這寶貝騙過來才好。」

成大腕急了：「大家都說你是最高明的鎖匠，我看你根本浪得虛名。」

大南瓜哈哈一笑：「我的伯父名叫莫仇巧，他不但會開鎖，還會製造各種機關。」神祕兮兮的壓低嗓門。「我的伯祖呢，可就是建造皇城的大匠莫想通！我是這一脈的嫡傳弟子，天下有誰能比我更厲害？」

他邊說，邊愛不釋手的撫摸著金剛石，忽然摸到了什麼東西，仔細一瞅，發現是個小小的按鈕，又仔細研究半天，狐疑道：「咦，難道是個定時開關？」

成大腕一怔：「什麼定時開關？」

「就是它會在已經設定的那個時間打開，其他時候都開不了。」

成大腕發急：「它設定在哪個時間呢？」

「噓，安靜，讓我瞧瞧。」大南瓜既然發現了這個隱密，臉色變得極爲嚴肅，專心摸弄起來。

他原本號稱「天下第一神偷」，後來成了中原五兇「翻山豹」手下的響馬。去年五月間，翻山豹在鄭州被后羿神箭射死之後，黨羽星散，他便逃到東京開了這家鎖店。

他雖然心思不正，卻有著破解機關的熱情，愈困難的機關就愈激發起他的決心，當即放下據爲己有的念頭，認眞鑽研起這個奇妙的鎖頭。

未幾，突見焦炭般的俞啖至走進店中。

「這就是女媧寶盒？」

俞啖至伸手就想拿走寶盒，成大腕趕緊攔住：「俞公子，我們早就約定好了，你不許動，由我打開寶盒，毀滅人類。」

俞啖至露在外面的腦子沸滾開來：「我改變主意了。既然我現在不會死，如果把人類全都毀滅了，我還有何樂趣？我要全人類跟我一起受苦！」

成大腕大驚：「你不可如此。」

俞啖至通紅的右眼猙獰的轉動著：「我要用這寶盒脅迫大宋皇帝，讓全天下人都聽命於我。」

成大腕從大南瓜手中搶回寶盒，緊緊抱在懷中：「你休想！」

俞啖至罵道：「你只是個菌人，還想跟我做對？早著呢！」起手一掌打在成大腕胸口上，把他打得撞上牆壁。

成大腕狂噴鮮血，仍不肯鬆手。

俞踧至上前想搶，身後一縷劍風已然刺到。

是項宗羽。

他從毛大腿等人口中得知有個巨人偷走寶盒，循線打聽，很容易的就追蹤到這兒來。

「你居然幾次不死，我就讓你多死幾次。」

項宗羽的湛盧寶劍讓此時的俞踧至無法抵敵，只得且戰且退的出到店外。

與地獄的協議

黎靈桂劈斷了鐵鍊，把黎青放到地面。

都市王低著頭走過來：「黎姑娘，本王誤判妳的案情，先在此對妳承受的痛苦致上十二萬分的歉意……」

黎青一頭把他撞了個踉蹌：「我身上的油多，干你啥事？我身上的肉自是我的，又不是你的，你怎知我有多痛苦？一定要你自己爬進鍋裡去炸一下，你才曉得那是什麼滋味。」

揪住他的衣領就想往鍋裡拖。

武羅笑道：「先把他們打得走投無路，再來算總帳。」

繼續揮兵進攻。

其餘的九王已躲到第十殿偷盜地獄，眾神追了進來。

閻羅王忙道：「兩國相爭，切莫趕盡殺絕。我們要求講和。」

講和？這倒考住了武羅等人，忙把莫奈何叫過來：「從來不知和要怎麼講，你去跟他們講。」

莫奈何想了想：「條件一，你們立刻搬家。」

「要我們搬家？」卞城王嚷嚷：「眞是閻羅王照鏡子——見鬼了！」

閻羅王在旁踢了他一腳，厲聲道：「沒得說，那就打到最後一兵一卒！」

勃皇大罵莫奈何：「你這什麼國師，一句話就把和局戳破了。」

莫奈何笑道：「誰能跟鬼講道理？」

九殿閻王做好了負隅頑抗的準備。

武羅喝道：「你們眞的要拚到底？告訴你們，半點勝算都沒有。」

忽聞一個祥和的聲音道：「武羅，不要逼人太甚。」

是女媧來了。

武羅氣道：「妳創造的人類被他們欺負得一塌糊塗，妳怎麼都不管？」

女媧道：「我雖然創造了人，但管不了人的精魄，有人替我管，很好啊。」她悶在心裡沒說的是：「管活人就讓我頭痛得很，哪還有空去管死人？」

一見女媧到來，閻王們的氣都弱了：「大神，幾次想約您談一談，您都沒空，我們只好做出了些不得已的舉動，您千萬見諒。」

女媧不理他們，面對崑崙眾神告誡著：「凡事以和爲貴，不要爭來鬥去的，難看。」

閻王們齊嚷：「對對對，我們就是想要講和。」

長乘道：「我們的條件已經開出來了，你們又不接受。」

平等王苦臉道：「你要我們搬家，我們能搬到哪裡去？」

女媧想了想：「五百萬年以前，共工敗給了祝融，氣得他撞倒不周山，使得大地往東南傾斜，大水淹沒了許多遠古人類開鑿出來的洞穴，而後又歷經了許多歲月，早已被深埋入大海之下。這些洞穴既深且廣，可供你們使用。」

陶大器暗犯嘀咕：「原來大神在海底都有密室密道，我們菌人再一百萬年也挖不到那裡去。」

閻王們竊竊商議了一回，泰山王道：「既然如此，我們就遵照大神的意思。」

武羅悄問莫奈何：「還有沒有條件二？」

莫奈何大聲道：「以後不准偷看菌人的檔案。」

卞城王大驚：「那我們以後怎麼審判？」

黎青怒道：「你們不是看誰的油愈多，就判得愈重嗎？」

閻王們都閉上了嘴。

女媧道：「好了，以後就這樣，地獄搬入海底的地下，菌人不再打擾你們的勾魂。」

秦廣王囁嚅：「他們還偷走了生死簿……」

莫奈何把那兩大袋文書丟到他面前：「喏，還給你。」

羅達禮大嘆一口氣：「我們本是來觀摩他們的善惡標準，結果一無所獲。」仰頭問女媧。「大神幫助地獄繼續他們的事業，可見大神已經決定了人類的命運？」

陶大器悄聲急道：「這是兩碼子事兒，別把事情搞砸了。」

女媧緩緩道：「距離三月二十九還有兩天，你急什麼？」倏忽消失不見。

神們與鬼們正要各自散去，莫奈何驀地想起一事：「那個俞錟至一直不會死，是不是你們幫的忙？」

秦廣王道：「我把他的死籍註回去就好了唄。」又阿諛的問著幾個正常人類：「你們要不要註銷死籍啊？」

莫奈何怒道：「你想害我們變得跟俞錟至一樣？我可不想一邊走路一邊掉屑！」

他終於死了

項宗羽追逐俞錟至來到一條死巷中，再無其他退路。

「看你還要往哪裡跑？」

項宗羽猛衝上前。

俞啖至的獨眼射出紅光，一蹲身，拉起放在地下的兩條繩索的繩頭，兩旁的屋頂上潑下石灰，灑得項宗羽滿頭滿臉。

原來俞啖至早就在這裡設下了陷阱。

俞啖至乘隙上前，先一腳把項宗羽踹倒，再舉起藥鋤砸向他的頂門，同時心裡想著：「總算把這個最可惡的傢伙給斃了。」

他萬萬沒料到，秦廣王就在這時註回了他的死籍。

他只覺體內泛起一陣空虛之感，先是肚子空了，接著手空了、腳空了、骨頭空了，最後腦袋也空了。

他的右眼還剩下最後一瞥的能力，看見自己整個身體化成了一堆炭粉。

項宗羽站起身來，俞啖至只剩半片頭骨躺在地下，看來這次他絕對活不了了。

項宗羽並無絲毫興奮之情，回到「無鎖不能」店裡去找成大腕，但受了重傷的他已帶著寶盒逃走了。

生死一轉輪

第十殿偷盜地獄亦是轉世之處，行刑處的後方矗立著一個很大的轉輪。

「投胎轉世者都要經過這一關。」轉輪王介紹著。

「哈，這東西好玩。」黎青就想往上爬。

轉輪王乾咳兩聲：「黎姑娘，妳不需由此轉世，可以直接還陽，但因爲妳的舊身體早已腐爛，所以要借一具新屍還魂。」

「那要怎麼做？」

轉輪王掏出一張還魂符：「這帖符咒需要特別的人來處理。」眼望眾人。「各位之中有沒有處男？」

黎翠偷瞄羅達禮一眼，他只是低頭看著地面；莫奈何則眼望別處，不答腔。

櫻桃妖在葫蘆裡笑道：「小莫，你爲什麼不說話？」

「其實不用問，我看就是他。」轉輪王把符咒遞給莫奈何，並交給他使用之法。

櫻桃妖唉道：「我還以爲你們又要送給他一顆大印呢。」

借屍還魂

生死簿既已交回十殿閻王手中，陽間便又開始死人。

這晚，黎翠、羅達禮下榻的客棧旁的餅店內，大餅妞站在改良過的梯子上想拿放在櫃頂的調味料罐，恰好胖貓阿呆追捕一隻老鼠，老鼠也爬上了梯子，大餅妞嚇得尖叫一聲，從梯子上摔下來，腦溢血而死。

同一時間，細麵妹帶著口罩在麵店內擀麵糰，忽一陣怪風颳來，麵粉飄揚，沾了她滿臉，她用手去抹，不知怎地，竟把口罩弄到了嘴裡，堵住了咽喉，使得她窒息而亡。

羅達禮等人一回來，就聽到兩邊都傳來哭聲。

陶大器向黎青道：「借屍還魂的機會來了，快選一個。」

莫奈何、羅達禮都建議：「左邊麵店的細麵妹身材挺好，就選她吧。」

菌人們都溜到兩邊去觀察，好像在皮貨店挑大衣，回來後都說：「確實是左邊的細麵妹好。」

黎青氣道：「身體是我的，你們急什麼？」自己跑去左右兩邊看了一遍，嘟著嘴走回來。「我要右邊餅店的那個。」

眾人大驚。「那個瘦的好嘛！」

本書最短的一章

黎青大叫：「我不要瘦的，我就是要那個胖的！」

胖妹本色

羅達禮笑道：「衣帶漸緊終不悔，反正不願憔悴。」

莫奈何無奈：「那就走吧。」

領著黎青的魂魄來到餅店門口，莫奈何擲出還魂符，黎青就附到了大餅妞黃滿薏的身上，從靈床上站起就走。

嚇得黃家一家老小盡皆暈倒。

命運大會

三月二十九日，莫奈何的飛車載著黎翠、黎青、羅達禮、項宗羽、顧寒袖、梅如是來到崑崙天庭，陶大器、孔大丘、毛大腿、彭大奶等，都是重要的見證人，自不能缺席。

大伙兒人進入大廳，乖乖的坐在一角等待。

人類的命運在此一會，眾人心頭沉重，大氣兒都不敢吭一聲。

武羅等眾神出來了，他們也都板著臉，顯見形勢險峻。

又等半刻，才見女媧由天帝陪伴著姍姍到來。

女媧望著場中的七個人類：「根據菌人的檔案，中原人類在最近三千年內壞事做盡，你們有何說法？」

莫奈何等人面面相覷了一陣，羅達禮才開聲道：「人類之中的好人還是很多……」

女媧截斷：「好人擋不住惡人做惡，又有何用？」

顧寒袖正色道：「問題是，什麼是好人？什麼是壞人？如果好人是白，壞人是黑，那麼其實所有人都是灰的……」

女媧又截斷：「我就是想要你們統統都是白的！」

武羅在旁忍不住插嘴：「妳未免太嚴厲了。」

「我只希望人類變得更好，難道我錯了嗎？」女媧極為罕見的露出怒容。

顧寒袖又道：「請問大神，當初妳造人只是為了好玩？還是想要獲得人類的崇拜？」

「我造人不是為了要人類崇拜我，我不需要人崇拜。」女媧道。「長乘造了狗，武羅造了貓，勾芒造了樹木，帝江造了鸚鵡，他們都認為有了這些生物，世界會變得更多彩多姿，結果也確實如此，今天認為這些生物不好的恐怕少之又少。只有人，每種生物都罵不絕口！你們不會慚愧、不知反省，我可慚愧死了。」

顧寒袖本想用「讓大家崇拜妳」來滿足她的虛榮心與存在感，但這話現在也說不出口了。

陶大器囁嚅：「以我之見，人類可以變得更好，只是需要一點時間。」

女媧冷哼：「一萬年下來，你們連最基本的善惡標準都還沒搞清楚，我如何能相信你們的判斷？」

菌人們慚愧萬分，無言以對。

黎青道：「毀掉了中原人類，那其他地區的人類呢？」

「那就不是我能管的。」

羅達禮道：「毀掉了我們這一批，再做出來的人類豈不又是一樣？」

突聞一個森冷的聲音從旁傳來：「既然毀掉就別再重做，菌人好好的，何必還要再做大號的菌人？」

莫奈何心中一凜：「最難纏的人又來了。」

西王母從後面踅了過來，不懷好意的望著七個人類。黎青、黎翠都是她昔日的徒弟，都恐懼的低下頭去。

顧寒袖又道：「天地不仁以萬物爲芻狗，大神既然創造了人類，就應該隨任他們自己發展，毋須橫加干預。」

毛大腿暗裡咕噥：「當初我就提議『不管』，可沒半個人聽得進去。」

女媧還沒答言，西王母就搶著冷笑道：「如果讓你們胡作非爲，用不了多久，整個世界都會被你們斫傷殆盡！」

武羅乾咳一聲：「這兒沒妳的事，讓女媧自己決定。」

西王母就是想跟女媧較勁，厲聲道：「我已經毀掉了我所創造的靖人，中原人類不比靖人好多少，爲何不應毀滅？」

女媧又不說話了，只是掃視場中人類。

大家都緊張得胃臟升上胸腔。羅達禮悄聲嘟囔著：「看樣子大勢不妙！」

一直沉默不語的項宗羽突然越眾而出：「惡人榜上的十大惡人，姜無際已失蹤，燕行空已身亡。」回身指著羅達禮與顧寒袖。「這兩人沒有經過改造就已自行悔改，其餘五人本就不壞，所以只剩下我一個眞正的惡人。」

女媧淡淡道：「所以呢，你想怎麼辦？」

孔大器忙道：「他曾經被改造過，非常成功……」

項宗羽聲貌冷然：「改造並非贖罪。大宋皇帝已赦免了我，所以國法也不能治我的罪。但是人類可以自行找出贖罪的方法。」

西王母冷笑道：「你想如何贖罪？」

沒等她說完，項宗羽反手拔出湛盧寶劍，往自己的脖子上一抹，頸總動脈裡的血液啖火似的噴灑出來。

「項大哥！」梅如是撲了過去。

項宗羽的臉已變白了，他凝望梅如是，露出一絲最後的微笑，氣絕而亡。

崑崙山與十殿閻王的協議已定，地獄已搬入大海底下，他再也回不來了。

「項大哥……」梅如是趴在他的屍體上痛哭。

莫奈何震驚得說不出話。

顧寒袖雙膝一軟，跪倒在地，對著女媧悲喊：「這還不能證明人類有良知嗎？」

顧寒袖爬向項宗羽，想去拿他手裡的劍。

莫奈何默默的一伸腳，把劍踩住。

顧寒袖顫聲道：「項大哥想用一己性命換取全人類的命運，我應該陪著他一起去！」

莫奈何露出從所未有的成熟與莊重：「如果項大哥的死仍然更改不了最後的決定，再多死幾個也是徒然。」

女媧望著項宗羽，望著梅如是、莫奈何、顧寒袖等人，她又沉默了，緩緩轉身離去。

堅持

大海上，一艘漁船漫無目的的飄流著。

船上只有一個人，成大腕。

身受重傷的他依舊緊緊的抱住女媧寶盒，不管發生任何狀況，都別想讓他鬆手。

他極目眺望無邊無際的大海，心中充滿無盡喜悅。

「人類頑劣已極，根本無法改造。」他思忖著。「這個世界沒有了人類會多好，那才是一片極樂淨土，各種生物悠遊自在，除了防禦天敵，不用煩惱各種陷阱，更不用煩惱自己身體的某一部分或某種器官被人類拿去做成無聊的玩意兒。」

他又想道：「這個寶盒裡的十二星宮魔王會怎樣去毀滅人類？女媧大神絕對不會跟西王母一樣，西王母降下的天火把靖人島上所有的物種都燒光了，大神絕對不會這麼做的。」

他在腦中揣想著十二魔王屠殺人類的畫面，這讓他興奮的度過了好幾天。

海上的天氣說變就變，一整片烏雲猶若千軍萬馬奔騰而至，強風暴起，海波暴漲，大雨幾乎沒有縫隙的落下來。

這艘船是他在一個小漁村搶來的近海漁船，根本抵擋不住風浪擊打，很快的就桅斷帆裂，海水灌滿船艙，直往下沉，他也緊抱著寶盒沉入海中。

他一點都不驚慌恐懼，含笑望著從海面透入的一線天光。

女媧的迷惑

舉棋不定的女媧到處亂走，來到一座無名山上。

一個老頭兒坐在松樹下，捧著一本書讀著，邊看邊罵。

「文字聖人，你在看什麼？」

原來這老頭兒是創造文字的倉頡。

倉頡從書中抬起頭來，兀自殘留著痛罵的嘴型：「聽說妳對人類很不滿意？」

「是啊，我很想把他們毀掉重做。」女媧說。

倉頡欸道：「人類沒造好，是妳的責任，不能推給人類。」

女媧嘆了口氣：「你這話雖然沒錯，但我後來造出來的菌人就挺好的，盡忠職守，通力合作，從不互相殘殺。」

倉頡道：「菌人就像螞蟻，只有一個女王，位置與職務早就已經分派好了。這種生物固然沒啥缺點，但未免乏味了一些。」

「依你看，用教育來改造人性，有用嗎？」

「哈，愈教育愈糟糕。」

女媧皺眉：「我覺得不能讓人類有自由意志。有了自由意志，就會產生善惡。」

倉頡笑了笑：「這麼說吧，我只創造了字兒，人類用他們自己的意志去使用這些字，所以當然就會有好文章與狗屁不通的文章。譬如說，」一揚手中正在讀著的書。「這是一千零九年以後會出現的一部書，叫作《大話山海經》，就是狗屁不通的文章！」

「以你的觀念，怎樣才算是好文章？」

「能把正確的字放在正確的位置上，就是好文章。」

女媧神情一震，若有所悟：「你的意思是，如果能把每一個人都放在正確的位置上，就不會有壞人？」

「人類雖然是妳造的，但人類社會的體制與規範則是人類自己去摸索、去創造的，不正確的組織體制當然就有許多不正確的位置，譬如說皇帝就是不正確的位置，把任何人放在這個位置上，本來不是壞人也會變成壞人。妳要想想，妳能夠幫助他們創造正確的社會體制嗎？」

女媧苦笑一下：「連崑崙山的組織體制都一塌糊塗，我如何能幫他們創造體制？」

「所以說囉，這該怪誰？」

女媧嘆了口氣：「看樣子，我還得再思考一萬年。」

對於神來說，一萬年不過彈指一瞬間，一點都不漫長。

女媧的目光穿透浩渺的時間與空間：「人類還在嬰兒階段，還有很長的路要走，讓他們自己慢慢的去尋找。當他們長大成人還是這麼糟糕，或停止尋找的腳步、自以爲已經掌握了一切的時候，再消滅他們吧。」

倉頡含笑點頭。

此時，陶大器氣喘吁吁的騎著小狐狸從地下鑽出來：「報告大神，寶盒被成大腕偷走了！」

女媧淡淡道：「我原本預定那個寶盒在今年四月十五日的卯時三刻打開，但如果沒有人去動它，它就不會打開，過了這個時間點，就還要再等一萬年。」

陶大器鬆了口氣，暗想：「如果按照西方的曆法，那可是西元一萬一千零十年的事情了。」

誓死達成任務

沉向海底的成大腕猛然驚懼起來，因爲他想到自己若抱著寶盒沉到了海底，寶盒就永遠不會被人打開了。

「這怎麼行？」

他拚命往上游，但怎麼也游不上去。

就在他絕望的當兒，一條巨鯨靠了過來，不感興趣的瞟了他一眼。

這讓他有了想法：「被魚吞掉，總比沉入海底好一些吧？」便伸出拳頭去擊打鯨魚的眼睛。

那魚火了，一張口把他吞了進去。

他抱著寶盒滑入鯨魚的食道，有著一種找到最終歸宿的心安。

「希望這條魚會被人類獵走，寶盒會被取出，會在預定的時間點上打開，完成女媧大神的意志。」在鯨魚胃裡的鹽酸把他溶化之前，他堅決的祝禱著。

愛情顧問

羅達禮把陶大器找到廢棄的工寮外，有一搭沒一搭的閒聊。

「唉，想問什麼，快問吧。」陶大器不耐。

羅達禮乾咳兩聲：「你知不知道黎翠姑娘的心裡喜歡誰？」

陶大器瞪他一眼：「不是早就說過了？她沒被沙子迷過，我們根本不知道她想些什麼。」

羅達禮紅著臉結結巴巴：「你能不能……呃，能不能……？」

「想叫我們的小狐狸去噴她沙子？」陶大器當然明白他的心思。「欸，羅達禮，你還是很壞咧。」

莫奈何也來了，居然沒揹著他焦不離孟的葫蘆，顯然想要講一些不願讓櫻桃妖聽見的話。

「你想問梅姑娘的心意，對不對？」陶大器直指核心。

莫奈何直勁點頭。

陶大器呸道：「我又不是你們的愛情顧問，煩不煩哪？」

拗不過莫奈何追問不休，只得說：「梅姑娘對顧寒袖呢，是親情居多；對你呢，嘿嘿，友情居多。」

莫奈何不免喪氣。

陶大器笑道：「你們這兩個呆子，還搞不懂嗎？人的心思是會改變的，尤其是女人。所以你們千問萬問都是白問，最終還得靠你們自己的努力。」

兩人又湧起了無限希望。

陶大器幫梅如是守住了一個祕密——她心裡愛的是項宗羽，從他倆初次相遇的那一刻起。

自己的天堂

海天遼闊，一望無際。

黎靈桂與黎青、黎翠坐在海邊，遠處是一個小漁村。

「妳們的母親是一個漁孃，那時我經常往返靖人島，就是在這處海灘上遇見她的，那漁村也是妳們兒時的姑鄉，妳們還有印象嗎？」

黎青點點頭，回憶著：「我記得娘總跟我說，她將來要造一條大船，載著我們全家人遨遊七海，一直航向世界的盡頭。我就問她：那我們吃什麼啊？」

黎靈桂大笑著捏了捏她的面頰：「妳那時就胖嘟嘟的，就只惦記著吃。」

黎青撒嬌的靠上了父親肩膀：「娘也是這麼大笑、這麼捏我。」

黎翠偎著父親另外一邊的肩膀，喃喃：「我也好想母親，我還記得她抱著我，哄我入睡。我還記得她的體溫、她的聲音、她溼潤的嘴唇，我好想抱著她，告訴她我有多想她……」

「母親就在妳倆的身上，妳倆繼承了她所有的美好，缺點卻一點都看不到。」黎靈桂慨嘆。「也許這就是自由意志的奧妙，每一個人都有責任把好的傳下去，壞的到自己爲止。」

黎青仰望天空：「娘這麼好的人，當然會活在天堂裡。」

黎靈桂遐想著：「是佛教的天堂，還是道教的天堂，還是……？」

黎青霍地起身：「我們就上那些地方去找她！」

黎翠眼眺遠方，悠悠道：「她不一定會在那些地方。」

黎青瞪眼：「妳什麼意思？」

「陶大器那個小人兒的腦子雖小，想法卻多。」黎翠嫣然一笑。「他有句話沒說錯，如果你自己有能力建構天堂，何必住在別人的天堂裡？」

——全文完——

國家圖書館出版品預行編目(CIP)資料

大話山海經：菌人鬥閻王 / 郭箏著. -- 初版. --
臺北市：遠流，2019.05
面； 公分. --（綠蠹魚；YLM28)
ISBN 978-957-32-8531-1(平裝)

857.7　　108004500

綠蠹魚叢書 YLM 28

大話山海經：菌人鬥閻王

作　者／郭　箏

總 編 輯／黃靜宜
執行主編／蔡昀臻
封面繪圖、設計／阿尼默
美術編輯／丘銳致
行銷企劃／叢昌瑜、李婉婷

發 行 人／王榮文
出版發行／遠流出版事業股份有限公司
地　址：104005 台北市中山北路一段 11 號 13 樓
電　話：（02）2571-0297
傳　真：（02）2571-0197
郵政劃撥：0189456-1
著作權顧問／蕭雄淋律師
2019 年 5 月 1 日　初版一刷
2022 年 7 月 1 日　初版二刷
定價 260 元

ISBN 978-957-32-8531-1
遠流博識網 http://www.ylib.com　E-mail: ylib@ylib.com